ちくま文庫

忘れの構造 新版

戸井田道三

筑摩書房

もくじ

3

忘れの構造

新版

序章　記憶のヒキダシ型とマリモ型

三日まえのことである。団地の郵便局へ速達を出しにいって、帰りぎわにバス停のそばでひとりの女性を見かけた。それが今でも気になっている。いや、そのひと自身が気になっているのではなく、それをきっかけにして、別のひとの顔かたちが浮かんで来て、しかもそれが誰であったか、いまだにわからないのが気になっているのである。

バス停のそばで、私のわきをすりぬけて前へ活発にあるいてゆく女性の肩の、男のような肉づきのよさと、短い髪の丸い後頭部とを見た瞬間、はて、私の知ったひとだぞ、と思い、だがどこかがしっくりしない感じだった。

やがて、ああ、あのひとだ、と別のひとをイメージに描くことはできたのだが、さてそのひとはどこの誰であったか、いくら考えても記憶の底から出てこない。陽にやけた健康色の頰は、つまんでも指がすべるほどはりきって、ぶあつい肉がしまり、笑うと真白な小さめな歯がきれいだ。また特徴的なのは、笑うとき眉をよせる癖があって、眉のあたりで「いやーね」といって健康からくる自分の機嫌のいい笑い上戸を遠慮している。

こんな印象をたしかめていると、自分でも意外なほど鮮明に思い出されるのが彼女の口紅の色である。陽にやけた黒い顔だからであろう、少し桃色がかった紅がぞんざいにぬられてきわだっている。

私に、そんなに多くの知人がいるわけではない。道であって黙礼をかわす程度の奥さんならたいてい思い出せる。その人達より少し親しい感じがある。笑い顔にとどまらず、しゃべるときの表情の動きまで思い浮かべることができる。はっきりした印象をもっているひとを誰であったか思い出せないのだからもどかしくてたまらない。

あるいは、近頃テレビで見なれた人を、近所の人とまちがえてしまうことがあるから、テレビに出てくるひとかと、その方の記憶をたどってみたが、いっこうに思いあたらない。

木原光知子というオリンピックの水泳選手だった娘さんが、堂々たる体格で、色が黒くて、少し似ているが、それほどみごとな運動家の身体ではない。テレビにあらわれる木原さんもおしげもなく白い歯を出し、大きな口をあいて笑うし、くりくりした目がいたずらっぽくてかわいらしい。私は大好きなのだ。彼女は木原さんほどくりくりした目をしていない。

あれかこれかと、いろいろ記憶の袋をひっかきまわして捜したが、近所の奥さん達の中にもなし、テレビで親しくしている中にもなし、今すぐわかりそうに、のどもとまで出て来ていながら、一息のところで思い出せない。

三日まえから、そのことばかり考えているわけではないが、ときどき誰だっけなアと頭にうかんでくるから気がかりだし、もどかしくて、なんともいいようのないふっきれなさが残るのである。

若いとき私は記憶がいい方だった。特に子供のとき目で見たことはよく覚えた。カードに神経衰弱というゲームがあって、全部ならべて伏せておき同じ数の札を二枚連続してあければとれるという、ただ記憶を競争するだけのゲームをやって負けたことがなかった。視覚型の記憶がすぐれていたのだろう。映画の批評をたのまれて、シーンやショットのことをこまかく書いたので、同じ映画を何回見たのかきかれたことがあった。一回だといったら驚いていたが、それで私はたぶん視覚型なのだと自覚したのだった。

しかし、年をとって、すっかり忘れっぽくなってしまった。覚えるより忘れる方が早いのではないかと思うほど忘れる。また、どうせ忘れるのだというあきらめがさきにたって、覚えなくなってしまったのもたしかだ。命にかかわるような大事なことなら、たぶん忘れないだろう。忘れるのは忘れてもさしつかえないことだから忘れるのだ。そう思って、今は自分の忘れっぽさに対処している。

忘れたことやものを思い出そうとするとき、ひとはよく袋の中をさぐるようにするとか、ヒキダシを探すとかいう。記憶装置というのを、そういうイメージでえがいているらしい。俳優なども、他人のやることをよく観察して自分の身体をつかってそれを真似てみ、記憶しておいて随時応用するらしい。ヒキダシがからっぽになるまで演じたなどと、全能力をあげたときにいったりする。おそらく図書館のカードのようにヒキダシに整理収納されていて、必要に応じて索引符号でひきだせるもののように考えているのであろう。私もひとの名前などのばあいは、往々ヒキダシにしまいこんだもののように感じることがある。たとえば、画家の名前のうち、話したり書いたりしていてその名をいいたいのだが出にくいものがある。ピカソ、クレー、マチス、などというのは、いつでもなめらかに出てくる。ところがロートレックとブリューゲルはしばしば出てこない。あれだ、あれだと頭でわかっていながら名前が出てこないのである。そんなときヒキダシがきしんでいて、把手をひっぱってもだめだと感じる。記憶の分類収納はヒキダシ型だと思うのも無理はない。ところが、近頃の私はロートレックとブリューゲルの名前をいわねばならぬときに際会すると、あれは出てきにくい名前だったということだけは覚えていて、多分出てこないだろうと、ヒキダシをひっぱるまえに自己暗示にかかっている。そして、やっぱりなめらかには出てこない。すでにいう必要のなくなった時になって、ヒョコンとその名が出てくる。してみると記憶装置は、たんにヒキダシ型だけではないように思えてならない。

たとえば、こんなふうに考えてはどうだろう。エジソンが発明した昔の蠟管のレコードのように円筒形のものがたえずまわっている。その表面に記憶が記録されている。思い出そうとするとどこかにあるスイッチが押され、くるくるまわっている円筒の表面から極微の穴をとおして光線がぴかりと光るように記憶がとび出してくる。ところが円筒のまわるスピードとスイッチを押すポイントがうまくあわないと、円筒の方はいつまでもまわりつづけるだけで記録された対象はとび出してこない。そのばあい押されたスイッチはそのまま押されつづけているから、一方まわりつづける記憶円筒と偶然にポイントがあってしまうことがある。すると思いがけないときにヒョッコリ思い出されてくる。

記憶にはいつも連動でオートマチックに意識にのぼるものと、思い出そうとして出てくるものと二種類があるらしい。それは円筒ヒョッコリ型のスイッチがつねに押しつづけられ、しかもポイントが百パーセント合致して記憶が連動式で出てくるものと、ヒキダシ型との相違といえるかもしれない。

もう一つマリモ型とでもいったらいいようなものもある。私はたとえばサルタヒコと蜜柑とか、鹿と海とかいったような問題を大事に忘れないようにしている。いくらでもその種の人文科学的な疑問はある。だが、かんたんに答えは出せない。それを頭の中の湖水にマリモのように投げこみ忘れてほうっておく。マリモはそれ自体で生きつづけ大きくなり、だんだん形をととのえてくるらしい。私はときどき湖水のそとがわから圧力をくわえる。すると水圧のため比重が軽くなった問題のマリモはぷくりと湖面にあらわれて、まだ生きていることがわかる。そして、ふとらせねばならぬときは、また水の中へ沈めてしまう。マリモたちは半意識の水中で、つねに忘れられているが、完全に忘れられてはいず、ときどき自分の方から水面に顔を出してくることもある。マリモ型の記憶栽培は楽しいものである。

ドナルド・A・ノーマンは『記憶の科学』の冒頭に「一言警告を発しておく」とし

てつぎのようにいっている。

各自の内観による点検が容易に可能なメカニズムの研究に伴われる問題は、われわれの発見が何ら驚くべきものではありえないことである。（中略）われわれが研究を完了したとき、心理学者でない友人たちや学生たちがこういった。「そんなことを発見するのに一〇年かかったですって、なぜ私に聞かなかったのですか？」これはどうもがっかりさせられることである。この種の意見に対する答えは、細心の実験から得られたわれわれの知識の水準と無造作な内観によって得られた水準との間に差があるということである。一方は厳密かつ詳細であって、多くの場合数学的に特定され、正確な予測と説明が可能である。他方はあいまいで不正確であり、詳細が不明であって、多くの場合他の意見と対立する。これらの二つの結果が確かに同一の過程を対象としていて一般に互いに確認し合うということは満足すべきことであり悲しむべきことではない。もし思考過程に関するわれわれの細心の研究からもたらされる結果がわれわれの直観とすべて喰い違うとしたら、それは奇妙なことである。（富田達彦氏他訳）

こういう警告をきくと何となく、私はほっとする。素人の考えが、十年もかかった専門家の研究と、大雑把なところでは似たようなもんだと、研究者自身が承認しているともとれるからである。

ヒキダシだとか、くるくるまわる蠟管だとか、湖にしずむマリモだとか、私は全く非科学的な記憶装置を空想しておもしろがっているが、何も記憶の科学的研究をここで展開しておめにかけようというのではない。記憶についてではなく、むしろその反対の「忘れ」について、自分勝手な考えをこころみようとしているにすぎない。

とにかく、老来、私は忘れっぽくなった。その忘れっぽさに、ほとほと手を焼いている。だから、腹いせに「忘れ」を俎上にのせて、まじまじと見てやろうというのだ。

あるアナキストが「すべての道がローマに通じるなら、ドン・キホーテよ、でたらめにゆけ」といったことがあるそうだ。このローマという言葉に「忘却」という語を代入してみよう。私は「忘れ」を語るために、でたらめに歩いて行ってもいいのではないだろうか。

では、出発しよう。

1

記憶とブラック・ホール

なんだか忘れっぽいことを自慢しているようで変な気がする。何を書くかが問題にならないで、行きあたりばったりに書きさえすれば、ちゃんと忘却へと道が行ってしまうのだからありがたい。たいへん気楽である。

ありがたいといえば、忘れることはいいことで、ありがたいことなのだと思わなければならない。たとえば、昭和のはじめころ、私は大学生だったのだが、軍事教練に学校へ派遣されてきていた軍人を、「忘れました」といってしばしばこまらせたおぼえがある。

十五年戦争のはじまるまえのころだったから、軍人自身も少しは遠慮していたのであろう。鉄砲もってかけずりまわる教練よりも、教室で講義をきくほうが多かった。しかし、あくまでも軍隊式でわれわれの名前を呼ぶときクンをつけず、質問も「……

ですか」といわず「……わかるか」とひどく尊大で乱暴であった。質問されたとき間違った答えをすると、いいなおさせられたりして変にいじめられた。そこでおぼえていても「忘れました」と大きな声でどなりかえすことにした。忘れてしまったものはどうしようもない。死んでしまったものを生きかえらせることができないようなものである。さすがの軍人教官も苦笑して追及しなかった。軍隊だったら横つらをはられるところだったが、普通の大学、それも文科ではどうしようもないと、彼らもなかばあきらめていたらしい。

戦争がはじまってからは、だいぶん様相が変わって軍隊によく似てきたらしいが、われわれのころは、軍事教練反対のストライキをやったあとだったから、彼らも「おまえらの気持ちがわからんわけじゃない」と物わかりのよさを見せて御機嫌とりをしたのだった。

おかげで私は軍事教練は不合格、大学は卒業したが幹部候補生志願の資格がなかった。いっぱんの無資格者といっしょに徴兵検査をうけたとき、徴兵司令官はじろりと私の顔を見て「なぜ教練が不合格か」ときいた。私は、あやうく大きな声で「忘れました」と答えそうになって、ぐっとつまった。

「病気でやすんでいました」と、声はぼそぼそと小さくなった。司令官は目玉をギロりと光らせて「丙種合格」と大きな声でいい、書類にパタンと判をおした。そのあとで「お大事に」といった。私は急に腹の力がぬけた。

この「お大事に」は、その日の全員の中で私一人だけがいわれたのだったろう。うすきみわるかった。

それはとにかく「忘れた」ということは絶対的なひびきをもっている。余人はもちろん当人にもどうすることもできない。神さまのおぼしめしのようなところがある。広大無辺な宇宙のむこうの真暗闇で、底知らずである。つかまえるにつかまらず、さればといって無視するわけにもいかない。恐ろしい存在だ。

私は今、自分がたいへん忘れっぽいと、なかばたのしそうな顔をして、のんきなことをいっている。しかし、その裏にはこわくてたまらない気分がある。あの絵をかいたのは誰だったかしら、とか、こんな小説があったが題名は何といったかしら、などという忘れかたは全然気にならないのである。それは、おぼえていたということだけはおぼえているからだ。

本などもそうなのである。ちかごろは、読むかたはしから何が書いてあったか忘れてしまう。しかし、読んだという記憶だけは残っている。したがって、私の今の読書は内容をおぼえたり、読みながら考えたことを蓄積するためではなく、読んだという記憶を手に入れるために読んでいるようなものである。まことにたよりない。でも、それはそれなりにいい時間つぶしであり、たのしくないこともない。

　ほんとに困るのは、忘れたということさえ忘れてしまったのではないかと思いはじめたときなのである。

　夜中にふと目をさまして、今いやな夢を見ていたなアと思う。底なしの暗闇のなかへずるずるとひきこまれ、どこにも手がかり足がかりがなくて全くどうにもならない感じで途方にくれる。そして、ちらりと頭のすみをかすめて過ぎるものがある。なんだか自分がかつて書いたことのある論文の痕跡らしいとだけ感じる。それは、内容をすっかり忘れてしまった本の記憶よりも、はるかにはるかにかすかな痕跡である。

　たぶん実際には、私はそんな論文を書いていないのだと思う。いくら思い出そうとしても思い出せない。それにもかかわらず、論証のしかたが拙劣でどうにも恥ずかしくてひとまえに出せるシロモノでないという恥ずかしさだけが妙に実感がある。この実感があるからは、ことによると忘れてしまったのだということ自体を忘れているのではないか、と私は不安でたまらなくなる。

「粗忽の使者」という落語がある。至極忘れっぽい武士が他家の殿様へ口上をいう使者になってゆく。いざ口上をいう段になって、いくら述べようとしても思い出せない、こまりはてたのち、実は自分の尻をつねってもらえば思い出す癖がござるといって、つねってもらうが思い出せない。もう少し強く、もうちっと強く、一層強くとだんだん指に力をいれてつねってもらうがだめで、しまいには釘抜きをつかってやっとこさつねられる。

「思い出してござる」

「なんと」

「口上をうかがってまいるのを忘れたのでござった」

つまり粗忽な使者は、忘れたこと自体を忘れていたのであった。聞いていると、尻をつねられるおかしさに、なんということもなく笑ってしまうが、あとで考えるとこれも何やら深刻なところがある。私も忘れたこと自体を忘れてしまったのではないかという不安を、裏から示唆するためにできた落語のように思えてくるのである。尻をつねられるのがいかに痛い滑稽であろうとも、それで思い出せるものなら、ひとつ誰かにひねってもらおうかとさえ考えてしまう。

記憶することを正、忘れることを負とすると、忘れたことを忘れているのは負の負だから数学的には正になるといっていいのかもしれない。ところが、忘れたのを忘れていると思いはじめると、負の中へ負がめりこんでいくだけで、いっこうに正のほうへかえってこない。地球重力の圏外へとびだした人工衛星が戻れないで永久にどこかわからぬ空間へとび去っていくようなものだ。虚無の中をどこまでもどこまでもとびつづけなければならない。

そこでブラック・ホールという宇宙の穴が「忘れる」という現象によく似ていると考えてはどうだろう。そうはいっても、ブラック・ホールそのものをよく知らないのだからのんきな話である。いや滑稽なことである。

星座の白鳥座の頸にあたるところに黒い星があるとのことだ。これが、ブラック・ホールといわれる存在である。ホールだから穴であって星ではないのかもしれないが、どうせ私にはわかりっこないのだから、どうでもいい。なんでもアメリカの物理学者が、宇宙にはブラック・ホールがあるはずで、それを想定しないと宇宙の諸存在の関係が説明できないといっていたそうだ。理論的にはまえからわかっていたわけなのである。それが白鳥座のブラック・ホールの発見で実証されたという。

このブラック・ホールは、たいへんな重さをもっており、したがって周囲の存在を引力でどんどん吸いこんでしまう。何億年かの未来には太陽をも確実に吸いこんでしまうという。われわれのイメージは経験からくみたてられるから、穴といえば、そこからどこかへぬけていくものしか考えられない。ブラック・ホールも宇宙の穴で、吸いこまれた太陽は、そこで消化され宇宙のそとの別の宇宙へ出てゆくようなイメージをもつ。しかし宇宙のそとというのはないのだから、イメージしにくい。

所詮、われわれは、小さい家に住み、その家を出たりはいったりして生きている微小な生物にほかならぬことを思い知るだけだ。宇宙などという大きさはとてもイメージとしてはとらえられない。だが、その微小な存在である人間が、ブラック・ホールなどというとてつもない存在を理論的につきとめることができるのだから、変な気分にさせられる。そしてイメージとしてえがけないブラック・ホールをなんとかして精神作用におきかえることはできないだろうかと考えたとき、ハタと思いあたったのが忘れたことを忘れているというあのことであった。えたいの知れない底深さをもち、すべてを呑みこんで、呑みこんだ痕跡も、呑みこまなかった痕跡も残さない。それでいて記憶されているすべての配置と秩序の背後にあって記憶を記憶たらしめるあれだ。

刷りこみ

黒船が日本に初めてやって来た年に生まれ、安政の大地震を知っていた祖母に、大正の初年に幾歳になったかを訊いたことがある。祖母は「さア、いくつになったかね」とはっきりしたことをいわなかった。わざと知らない顔をして、とぼけているのかと思った。まだ小学校へはいったばかりの私は、見るもの聞くこと何でもおぼえてしまう年ごろだったから、自分の年齢を忘れることなどあるはずがないと思っていたのだ。ところが、近頃私自身が自分の年を訊かれて即座に答えられなくなってきた。もともとふけて見られるたちであり、病身のせいで老衰も早いのであろう。六十代ですでに七十五、六には見られた。旅館の女中さんは年齢をあてるのがうまいが、その彼女たちが宿帳をもってきて、たいてい七十五から六、七といったのだから、あるいはそれ以上に見えたのかもしれない。少し若いめにいうのが彼女らのお世辞なのであ生まれたか自分にはわかるはずがなかったのだ。

うち祖母の晩年のように、自分の年など忘れてしまうにちがいない。だいいち、いつ医者さんに往診をたのんだとき、自分の年を急にいえない自分にびっくりした。そのかした。本当の年をいわないでいたせいか、いつのまにかわからなくなって、先日おる。そうなると、あまり若くいうのもばつがわるくて、まアその見当だといってごま

もう死んでしまった古い友人にモリオという名の子がいた。まだ小さいとき「ぼく生まれたときのことおぼえているよ」と自慢していた。

「ぼくがオギャーって大きな声で泣いたんだ。そしたらお父さんがモリオが生まれたっていったんだ。うそじゃないよ。ぼくはっきりおぼえているよ」

モリオ君はうそをいってはいなかっただろう。けれど、記憶をまちがえていたことはたしかである。私だってミチゾウで生まれたはずはない。赤ん坊として生まれ、いつのまにかミチゾウと名づけられ、だんだんミチゾウになってきたのだ。だから年齢もきわめてあいまいなものである。けっきょく、おぼえると忘れるとはおなじことの裏と表なのだという気がする。

赤ん坊から幼年時へかけておぼえていることがなく、ぼーとかすんで霧の中へ消え

ていくのは、おそらく言葉で記憶を蓄積しておけなかったからであろう。

しかし、言葉以前をおぼえていないのかといえば、そうはいえない。

おもしろい動物実験がある。心理学で刷りこみという。言葉以前の記憶である。

アヒルの卵を人工孵化し、生まれるとすぐに箱に入れ、そこに動くもの、たとえば犬のおもちゃ・電池で動く汽車・空気でふくらましたゴム風船を、それぞれ別々に入れてやると、一羽ずつのひよこは、それぞれを母親と思ってしまい、物体が動くにつれて自分もそれといっしょに走ったり追いかけたり、上にのったりしてうれしそうにする。その物体をとりのぞくとひどく不安そうにして悲しげに鳴く。入れてやると安心してたちまち鳴く声がちがう。三種の物体をそれぞれ母親と思いこんだひなたちは、いっしょに一つ箱に入れられても混乱をおこさない。犬・汽車・風船をそれぞれ自分の親と思ってそれについてあるく。この現象を心理学で刷りこみというのだ。脳へ印刷してしまうからであろう。ただしアヒルのばあいは生まれてから十五日を過ぎると、そのような刷りこみが成立しなくなるとのことである。

　アヒルのひよこが動くものを「母親と思って」と書いたのは、もちろん人間化して比喩的にいったまでである。アヒルのひよこは思うも思わないもない。本能の命ずるままに生きるにすぎない。けれど、このことは人間にもまた言葉以前の刷りこみがあったと考えていいことを示しているのではないだろうか。

たとえば胎児は、母親の胎内にいて生まれるまえにもう母親の心臓の鼓動と血液の流れる音を聞いて刷りこんでいるらしい。赤ん坊が泣き出したとき、録音しておいたそれを聴かせると、ちゃんと泣きやむ。胎内にいる安心感を記憶しているからにちがいない。

また、生まれてまもなく、母親の乳房に吸いつき、それによって母親を感覚的に知ったわけだろう。母親を言葉で母親と知ったわけではないが、本能的なものが働いて、それを脳に刷りこんだにちがいない。さしあたってそれとかあれとか無限定的にいった方が、母親と特定していうより刷りこみの内容にふさわしい。

たとえば、接吻一つを考えても、たぶん納得がいくだろう。人間は接吻という特別な行為をする。それは母の乳房に吸いついた言葉以前の本能的体験が無かったらおきない現象にちがいない。儒教道徳の男女七歳にして席を同じくせずといったような教育が徹底して、ひとまえでするのを見なかったから、経験不足の私などは、日本人はやらなかったのではないかと誤解していたが、これは種としての人間の世界ならどこでもおこなわれている行為であった。

古く中国の文献『遊仙窟』に出てくるが、万葉時代に大伴旅人や山上憶良らはそれを読んで了解していたのだから日本でもやっていたのはたしかなのである。下って『今昔物語』には死んだ妻の口を吸って僧になった地方官の話が出ている。もっと下って、猿に似ていたといわれる豊臣秀吉が、天下人になってから「そなたの口を早く吸いたい」という露骨な手紙を残している。なんだか気味がわるいが、率直なところがとりえなのかもしれない。今の若い人はもういうだけヤボだろう。

しかしながら、接吻するのは、自分が赤ん坊のとき乳を吸う体験をしたからだとは、ほとんどの人が気づいていない。言葉以前だからである。これは忘れたと意識できない一種の忘れにちがいないのである。

風車と舌

無声映画がトーキーに変化したころの観客の驚きや好奇心のことは、今の人たちにはもう想像もできないだろう。既に半世紀以上も時がたっている。はじめてアメリカのトーキー映画を見て来た友人が、私にいったもんである。

「赤ん坊の泣き声は、日本の赤ん坊とおなじだよ」

あたりまえすぎて、返事もできなかった。しかし、彼はアメリカの言葉が英語とちがいすぎてよくわからなかったのに、赤ん坊だけは国境がなかったので、それをひどく新鮮にうけとったのであった。私もまたそれを確認するために、新宿の武蔵野館へ行ったのだった。

映画そのものが何という映画で主演俳優が誰であったかもきれいに忘れているのに、赤ん坊の泣き声が共通であると認めた友人のことや、あとから私も見にいったことなどはおぼえているのだから、忘れっぽいといっても変な忘れっぽさだ。年をとると子供に還るというが、子供時代の思い出に還るということなのであろうか。ちかごろ子供からだんだん大きくなって大学を出たころまでのことばかりを思い出す。

自叙伝などというものを書くのはまだ早いと自戒していたが、子供のための本を書いてくれとたのまれて、ついに自分の子供のころのことを書いて本にしてしまった。書いているとますます記憶とは変なものであることがわかる。変なことばかりがあざやかに思い出されてくるのである。四歳のとき大森の海岸で見た女の水死体のことなど、おぼえていても私の生活上の利害には全然関係がないのに、非常にあざやかにおぼえていた。そのことに気がついて今さらのように自分でびっくりしている。

ただ、それよりまえのこととなると空漠として何もわからないし、おぼえてもいない。つまりアメリカの赤ん坊も、日本の赤ん坊もおなじ泣きかたをするということが、見すごしてならないことのように思えてきたのである。おぼえていないのは言葉以前であったからで、言葉以前はアメリカの子供も、日本の子供も知覚の点でちがいはないのである。これは極めて重要な問題をふくんでいそうに思える。

たとえば、国際的な会議でかわされる議論を考えてみるがいい。それぞれの主張するところが全然くいちがっていることが最初からわかっているのに、議論すれば一致できると考えているかのように主張をくりかえしている。これは暗黙のうちに、国語はちがっても言葉の成り立ちかたは同じだということを承知しあっていることを意味する。ただし、そういう前提があって議論しているのだという意識をもってはいない。そこが大事なところで、日本の赤ん坊自身がアメリカの赤ん坊の泣き声とおなじだと意識できないのとおなじなのである。

ジャン・ピアジェによると、幼児が言葉をおぼえる過程が構造を形成することに対応するそうで、だから言語を異にしてもわかることそのことはちがわないと考えられるらしい。

らしい、などとあやふやないいかたをするのは、私にはピアジェなどという学者のいうことはわかったとはいいきれないからである。

ところで、先日、能登の七尾から船で飯田へ渡り日本海がわをドライブして輪島へ行った。七尾ではちょうど青柏祭にあたり、三台の山が大地主《おおところがみ》神社へひきだされて、たいへんにぎやかであった。ひさしぶりでお祭りの気分にどっぷりとつかり、子供にかえって無邪気にたのしんできたが、ピアジェなどのいっているようなむずかしい議論はそっちのけにして、そこには幼児の前言語的混沌から言語を学習してくる過程の全部がぎゅうぎゅうづめにつめこまれていることを感じた。

まず風車が目についた。白・赤・黄・緑の四角に切った紙を羽根にしたいっぷう変った風車である。祭りの雑踏の中でくるくるまわっていた。ぶっかき氷を売る露店、串にさしたミンチボールのようなたべものを売る露店に並んで、セルロイドのお面などを売るおもちゃの露店でくるくるまわっていた。

風車はまわるのがとまると、赤と黄と緑と白との四角い紙が羽根になっている。竹をうすくそいで八本のひげを組みあわせ、そのさきに四種の色紙《いろがみ》をはり、豆でとめたものである。そぼくだが、あざやかな美しさだ。風が吹くとくるくるまわって、あざやかな色が灰色にかわる。それを見ながら、私は突然、赤ん坊がゆりかごの中で、じっと見つめているつぶらな目を思いうかべていた。私の赤ん坊時代というのではない。そんなことをおぼえているはずはないのだから、私ではない。たぶん、いつか見たことのある赤ん坊、姪か甥かそれともほかの誰か知人の赤ん坊であったろう。黒くうるんだ目をすえている。何を考えているのかわからない。わからないはずだ。赤ん坊はまだ何も考えていないのだから。でも、あれだけ好奇心に燃えているような、純粋な目つきを見ると、言葉を知っているオトナは赤ん坊もやはり「これは何だろう」と考えているかのような錯覚をおこすのもあたりまえだろう。そして、赤ん坊のあのまなざしは自分のであったような気にもなってくる。

風車を見て、突然赤ん坊の風車を見つめるまなざしを脳裏に描いたのは、ひょっとすると山車《だし》のせいであったのかもしれない。

七尾の山は逆八の字形に屋台を組みあげている。何となく不安定な感じがある。円錐形をさかだちさせたかたちだからであろう。わざわざこのようなかたちに屋台を組みあげるのは、扇をひらいて立てたかたちがもとになっているとしか考えられない。

たとえば山形県の黒川における王祇祭の王祇様を考えればよくわかる。王祇は扇のあて字である。三本の棒のあいだに布をはり、大地《だいち》踏《ふ》みのときひろげた王祇様の下で、稚児が特殊な舞をする。七尾の山車には歌舞伎の人形がつくられ、毎年趣向がこらされている。王祇祭のひらかれた扇の下に稚児が出て大地踏みをするかたちが人形になったのである。とすれば逆八の字の構造は扇をひらいて立てたかたちからきたと考えてまちがいない。

王祇祭の開いた扇は、稚児の出産を意味させるという。七尾の山車の逆八の字も女性のシンボルであったのだ。京都の祇園祭の山には鉾がある。鉾が男性で、扇はそれと対立する女性のシンボルであったと考えられる。

性器・出産・稚児神出現・赤ん坊という連想が無意識のうちに風車を見つめる赤ん坊のまなざしをイメージさせたのであったかもしれない。しかし、それはあくまでも無意識であった。あとから、そういう連想の糸がたどれるかもしれないと思っただけである。それより、その赤ん坊のまなざしが自分のものであったとしても否定はできない気分があることのほうが重大である。言葉以前の何かが風車のくるくるまわる運動によって呼びさまされ、それから対象と自分の未分化な、幼児の原初的な状態が復元されたから、赤ん坊のまなざしが私自身のか他人《ひと》のものかわからぬことになったのだ。つまり幼児に特有な自他を区別できぬ活動の中心化がおこなわれたのだと考えられる。

　私は、子供のころ座敷で自分がくるくるまわってわざと目をまわす遊戯をやったことを思い出す。目をまわすという知覚の異常化がなぜ遊びになりうるのか不思議なことだが、これはゆりかごにいて風車のまわるのを見つめていた赤ん坊への復帰であったにちがいない。そして、そこへ帰ることが、構造形成のあとをたどることにもなり、ある種のなつかしさをもたらすのであろう。神懸りするものが、くるくるとまわってみずから脱魂の状態にはいり、あるいはフィギュアのスケーターが錐《きり》のように一本足で立ちくるくるとまわるのも、もとづくところがなければならなかった。

　まわるものがくるくるとまわり、めぐる、くるま、めくるめく、などという言葉があるのは、舌をまわすという肉体の対応によって形成されたのである。くるくるまわるといってみて、そのあとでぴたっととまるといってみれば、発音する舌の操作がいかに対象の運動と未分化であるかがわかるだろう。われわれは完全にそれを忘れ、無意識の底にとじこめているのであった。

忘却の空白と糸

沖縄の宮古島へアーチの石橋を見にいった。そのついでに島の北部にある狩俣《かりまた》という村落まで行ってみた。民俗学者の報告によれば狩俣には古い習俗がいろいろ残っているという。私は自分では調査研究できないが、ひとの報告は興味をもって読んでいる。そのさい現地の景観などを知っていると、たいへんおもしろさがますし、理解することもしやすい。

狩俣へもただの物好きでいったのだった。ところが思いがけず村落の女たちが祭りにこもる男禁制の森の中へはいってしまった。

タクシーの運転手が平家の落人の遺跡とやらいうところがありますといって案内してくれたのだが、運転手自身も地理をよく知らないのだった。一度、山へあがってゆくのぼり口の民家できいて、自動車を入れたのだが、途中でおろして、これからは車がはいらないから歩いてくださいという。要領をえないまま若い編集者をさきにたてて細い道をあがって行った。

やがて道は森の中へはいり、山の中腹を横にまいてゆくかたちになった。まるでジャングルのように樹木が密生していて天《そら》も見えない。さきの見とおしは全くきかないが、細い道だけはかすかに曲りくねってついている。草木をわけて進んでゆくとサンゴが岩になった沖縄独得の石を積んだそまつな門があった。それをくぐって、なお進んだが、路らしいものがあるだけで、密林が深くなるばかりだった。うす気味わるくて、引返そうかと思ったが、せっかくここまで来ていながら何があるのか見とどけないのも心残りと、なお進んだ。やっと少し明るくなったところへ出た。三十坪ばかり天がのぞける広場になっていた。その中央に草ぶきの小屋が建っている。身をかがめてでなければはいれぬほどの小さいものである。巫女《みこ》たちのこもるカミアシャゲという家であった。

小屋の正面のまえ、山の深みに向って祭壇のように石が積んであり、黒い香が残っている。その横に綿屑のようなものがいくつかのっていた。ここにこもって集団的に宗教的な何かをおこなった巫女たちが頭にかぶっていた草の葉が腐って繊維だけが残ったものらしい。耳をすましたがしーんと静かで人の気配は何もせず、うすきみわるい気分がただよっていた。

地面には巻貝のからが相当おちていて、そのちらばったようすから考えて、偶然ではないように思えた。私は宝貝のかけたもの一つをひろってポケットへ入れた。

同行の若い編集者は、たたりがありますよと冗談をいってよろこんでいたが、ほんとにたたりがあっても当然のような雰囲気であった。自動車までもどったら運転手は「平家の遺跡ではなくて、ここは村のものがはいってはいけない所になっているのだそうで、怒られました」といっていた。土地の人が来てとがめたのであろう。われわれはそうそうにひきあげた。

沖縄本島の知念というところには斎場御嶽《せいふぁーうたき》という聖地がある。東方に久高島《くだかじま》を近く見る山の中で、琉球王朝時代は聞得大君《きこえおおぎみ》の即位式がここでおこなわれたという。今でもノロの集団的な祭祀があるらしい。十二年めごとにやる久高島のイザイホーが来年にあたるのでその予備調査にいく途中で、斎場御嶽にもよってみた。

いきをきらして、ふうふういいながらやっと御嶽へのぼった。ここは史蹟として公開しているから宮古の狩俣とはちがうが、やはりうすきみわるい場所で奇岩がそそりたち、鍾乳洞のように垂れさがった石の乳房から水がしたたりおちていたりした。気になったのは、ここにも巻貝が多くちらかっていたことである。

あたりを掃除していたお婆さんにたずねたらカタツムリの一種で海の貝ではないという。ものすごい勢いで葉を食うので樹が枯れる。とって食べればうまいのだそうである。

午年《うまどし》に特別な祭りのある久高島にもカミアシャゲがあり、そこにも巻貝が少しちらかっていた。

偶然というにはあまり条件が似すぎているので、巫女たちの宗教的な行事のなかに巻貝が意味をもつ何かがありそうな気がした。

私は子供のころ遊んだベイゴマのことを思いだした。何か関連があるかもしれない。ベイは貝《バイ》である。鉄と鉛でつくったコマだけれど巻貝のかたちである。まわす緒をまくのに巻貝風の凹凸がないとぐあいがわるくてあのかたちになったのでないことは、いっぽうに心棒をとおしたふつうのコマがあることからもいえる。おそらく貝をコマのようにまわす呪術のようなものがさきにあって、それが子供の遊びに変化したのであろう。

ぐるぐるまわるものには特殊な心的効果があった。たとえば「カゴメカゴメ」とか「中の地蔵さん」とかいったような遊戯では、目をつむってしゃがんでいる一人の鬼、あるいは地蔵さんのまわりを手をつないだ子供たちがぐるぐるまわっている。これは中にいる一人をヨリマシにする行法の遊戯化であった。

フィギュア・スケートで、一本足を中心にコマのようにくるくるまわる技術を見るたびによく目がまわらないと、私は感心する。と同時にどうしてあんなことを練習しはじめたのかしらと不審に思う。西洋のことはわからないから勝手な解釈はつつしむべきだろうが、やはり目をまわすことによって一種の酩酊状態をつくりだす必要があったのかもしれない。

日本語の舞うというのはマワルという語と関連している。能の舞などは舞台をゆるやかにまわってあるくだけを基本にしている。巫女の神懸り状態から芸になったといわれているが、まちがいないことだ。ぐるぐるまわっているうちに頭が変になり、神がよりつくのである。

能の狂女は手に笹をもっている。それも一つのシンボルであった。つまり神がよってくる目標として手にもっていたものである。通常の精神状態から神懸り状態になって、とりとめのないことをいったり舞ったりするのを芸能化したのが物狂いである。それでなくては「おもしろう狂うてみせ候へ」などという言葉で催促するはずはない。

ロジェ・カイヨワは遊びを四つの要素で考えている。一つは競技、一つはルーレットやサイコロのように運まかせの偶然をたのしむ遊び、一つは物真似、もう一つは回転や落下など急激な運動によって自分の中に混乱狼狽の有機的状態を作る遊びである。最後の自分の中に混乱をおこす遊びに該当するのが、子供がぐるぐるかけまわって目がまわってふらふらするのをよろこぶあれだ。巫女の神懸りにもあれが応用されていたと考えられる。むしろ社会的必要が特定の女性を神懸りにする方法を案出し、それを子供がまねて遊んだのかもしれない。日本語のアソビという言葉は遊部という部が葬式をつかさどっていたことからいっても、たんなる遊びではなく宗教的な行法であったことを推測させる。

夏の海浜でおこなわれる西瓜割りの遊びで、目かくしをした人に棒をもたせ、ぐるぐるまわして方角をわからなくさせるのも、葬式で棺をぐるぐるまわしてから墓へかついでゆくのも、根本はおなじアソビなのであろう。

沖縄の祭りの庭におちていた巻貝のことからだいぶ話がそれてしまったが、とにかくぐるぐるまわるものが精神におよぼす作用の認知が、巻貝を重要視させたのではないかというのが私の疑問なのである。

山伏がホラ貝を吹くのはなぜか。琉球の近海でとれるゴホウラという巻貝を切った貝輪を腕輪にした人骨が出ているが、なぜそれを身につけていたのか。そんな古い問題から、まわり舞台という構造をどうして思いついたのかなどという比較的新しい問題まで、すべて、沖縄の聖地にころがっていた巻貝とつながりがあるのかもしれないと思うと、私の頭はそれこそくらくらと目まいがするほど回転して、どこへたどりつくのかわからない。

関連があったとしても、すべて忘却の空白があるからこそ、その上に連絡の糸がひけるのであって、忘却こそがまず基礎としての地であったことに気がつくのである。

空間感覚の成り立ちかた

陶芸家の楠部弥弌氏が、おもしろい話をしていた。壺や瓶を作っていると、だんだん立体感が作者に似てくる、というのである。ずんぐりした体格の人は無意識のうちにずんぐりした形のものを作るし、やせてひょろひょろしている人は、細身のせいの高いのを、自分では意識せずに作っているという。いつのことか、作品のかたちから作者の体形を指摘したら、やはり当っていたそうである。

このことは、私にはたいへん興味があった。空間というと、われわれはタテ・ヨコ・オクユキの三方向に何メートルといったからっぽな客観的空間を考えるくせがついている。たぶん教育のせいだろう。数学で純粋な観念ばかりあつかい、それを基本として学問の体系をつくり、客観性を保証しようとする。それがいっぱんに妥当する学問であることは否定しえない事実だが、主観を排除したところからはじめると、学問がどこまで追究されても、そこからはじき出されてしまうものがある。そのはじき出された部分について芸術が役割をもち、全体化しようとする。

だから、壺や瓶の立体が空間とかかわりをもつのは、純粋にからっぽな空間とではなく、なんらかの意味で主観的な空間とである。そもそも空間という観念が成り立ってくるためには、行動する主体がなければならなかったはずである。

少年のころ毎日歩いた道路や、鬼ごっこをした広場が、おとなになって行って見たら、こんなに狭い道、こんなに小さい広場だったのかと意外な感にうたれたことがある。誰もそういう経験をもったことがあるであろう。

自分では意識できなかったが、自分のからだとあわせて空間を計測し、その計測にしたがって行動していたのだ。自動車がこんで横断歩道の上までつめかけ、ストップしているようなとき、あるいている人が、その車のあいだをすりぬけてゆく。いちいち抜けられるかどうかを測ってから通りぬけているわけではない。直観的にこの間隙は通りぬけられる、この間隙では通りぬけられないと、わかって、車のあいだを縫ってゆくのである。間隔の目測をあやまって、物のあいだにはさまりニッチもサッチもいかず動きがとれなくなるというのは、喜劇映画のギャグ以外はほとんどない。誰も意識していないが、自分のからだにあわせて空間感覚を形成しているのである。

抽象的な空間を考えるときでさえ、タテ・ヨコ・オクユキという方向を考えないで、それを考えることはできない。それらは、みんな自分の視点からタテでありヨコでありオクユキなのである。道を歩き、乗り物に乗り、建物にはいり、椅子に腰かける。それらすべての行動において空間の計測は無意識におこなわれている。つまり無意識のうちに自分のからだの大きさをつかって測っているのだが、そのことを忘れている。たまたま子供のころ遊んだ広場などの狭さをおとなになって発見し、からだによる計測があったのを知るのである。

人間のからだは、左右はシンメトリックだが、前後・上下はそうではない。だから空間構造も、そのような構造で思考している。

政治家の発言をテレビできいたり、紙上で見たりすると、「前向きに処理いたします」とか「中道こそ国民の望むところ」とか、たいへんあいまいな言葉が出てくるが、「前向き」は「うしろ向き」の反対であり、「中道」は左右にかたよらないという意味である。そこには、うしろ向きより前向きのほうがよく、左右にかたよるより中道がいいという価値感覚がある。価値感覚があることを無意識な前提としていることに注意しなければならない。

人間は前方へ歩くがうしろへ進むことはできない。進歩と退歩とを前向きうしろ向きで意味させるのである。また背骨がからだの中央にまっすぐ立っていると安定感があるので左右に傾斜することにあやうさを感じる。中道が安全だというのは、そのような生理的な感覚を社会的なものに流用するごまかしにすぎない。ごまかしが有効な理由は、空間感覚の主体的構造を人びとが忘れているからにほかならない。

空間感覚が価値観とむすびついていて明瞭なのは上下である。上はよりよく下はよりわるい。天国は決して下にはなく、地獄は決して上にはない。価値をあらわす言葉は上下・高低と関連していることが多い。それを除外しては価値について考えることも表現することもできない。

二本足で立つ人間にとって頭は尻尾よりも価値がある。頭の位置は尻尾より高い。だから高低・上下の価値観が成立しているのだが、四つ足動物自身にとっては、それは通用しないはずである。人間と同様に頭のほうが尻尾より大事だということがわかっていたとしても、高低・上下ではない。空間が、からだの構造によって価値的に識知され構造的に理解されていることがわかろう。

アイヌの熊おくりを映画で見たことがある。祭りの聖所にシンメトリックに枝を出した樹を立て、それに解体した熊の頭・つづいて性器・両手・内臓・両足というぐあいにかけてゆく。熊の解体からそれを祭りの樹にかけるアイヌの行為を、映画は克明におっていた。私はそれを見ているうちに、空間を直観的に理解するしかたが直観的にわかった。

身体が一つの宇宙なのである。頭をまず最初に樹の上端のまたに置き、つぎに幹の中心に性器をかけるといったように、位置と構造がきめられる。それらは解体された熊の肉体のそれぞれ一部にちがいないが、単なる肉体の一部にとどまらず宇宙を空間的に指示していることがわかる。論理学ではアナロジーをふたしかなものとして、それの適用に厳密な制限をつけている。しかし、人間がアナロジカルなものを認識し生きていることが何にもとづくかを論理学は説明できない。熊の部分的肉体を樹にかけ宇宙を了解する熊おくりのやりかたは、アナロジカルであるが、同時に直観的である。アナロジーが根源にあって、はじめてロジックがあとから生まれうるのではないかと思われる。つまり、論理学でアナロジーをふたしかとする理由は、前むきに歩くことが進歩であるとするアナロジカルな思考そのものによっているとしか考えられない。形式論理自身が矛盾をはらんでいるから成立しているといえるようなものである。

大昔から賢者というか覚者というか、人生の教師たちはつねにアナロジーと逆説をつかって説いている。それは、われわれの意表をつき、忘れているほんとうのことを思い出させるためであった。おそらく、ほんとうのことは、アナロジカルにしかとらえられないのではないだろうか。

たとえば夢である。夢もみないで熟睡したなどと、ひとはいうが、大体、一晩に五回くらいは周期的にみているのだと実験的にわかってきた。するとみた夢は目がさめた瞬間に忘れているのだが、生きることにとって、それはどんな意味と役割をもっているのであろう。あいにくさめた瞬間に忘れるから、思考の対象になりにくいが、おそらく無駄に夢をみているわけではないだろう。空間を考えるとき身体のかたちや大きさが無意識の基準となり、しかもそれを忘れているように、夢も必要によってみているのだが、それを思考の対象とする必要性が意識されないために夢の必要に気がつかないのではないだろうか。

昔は夢のおつげなどといって、自分以上の何かが夢を通じて啓示することもあると考えた。それだけ夢みるもの自身には自由にならぬ現象であった。心理学の研究がすすんで夢の分析がおこなわれるようになったが、まだきわめてあやふやな気がする。

夢はみる必要があって人間におこる現象だとすれば、眠りからさめた瞬間に忘れてしまうのもまた忘れる必要があるからにちがいない。コンピューターの記憶装置は忘れない。もちろん夢をみることはできない。だからコンピューターで未来を計測するのはあぶなっかしいことにちがいない。そう思うのである。

夢も歴史のうち

今朝、目をさましたとき、たしかに夢をみていた。変な夢だった。おぼえておこうと、そのとき頭の中で復習したのに、すぐ忘れてしまった。いまいましいが夢はいつもこうだ。

精神分析に関する本を読むと、患者の夢をのべさせて、その夢によってきたる根源を判断している。判断の方は、なるほどそうなのかと、おおよそ納得し、適応した療法によって病気がなおることもあるらしいから結果的にも正しいのだろうとは思う。しかし、よくまア患者が夢をおぼえているものだと感心する。

私は夢をみるほうのたちかもしれない。ぐっすり熟睡して、時間経過の感覚もなしに、目がさめたら朝だったという経験はほとんどない。若いときねむれないためドイツ製のなんとかいう睡眠薬をつかったことがあった。そのときばかりは、ぱっと目がさめたとき夜が無かったように、まえの就床から朝が直接していた。ところが、口をきくと変にもつれるので、このくらいならむしろ眠れないでいるほうが身体のためにいいのではないかと、睡眠薬をつかうのを即座にやめてしまった。

眠れなければ眠れるまで待とうと、のんびり横になっている。すると、とりとめもなくいろいろなことが思われ、イメージが流れる。そのまいつとはなしに夢の世界にはいって眠っていく。だからほとんど毎夜夢をみている。夢をみているから、目をさましたときおよそ何時間眠ったかがわかる。しかし、どんな夢をみていたか思い出そうとしてみると、これがほとんど記憶に残っていない。

夢をおぼえていて精神科医のまえで話すことのできる患者や、夢を記述できる作家たちは、特殊な才能をもっているのかしらと畏敬の念を禁じえない。練習すれば夢をおぼえていられるのかと思い、注意力を集中して夢をおぼえようとしたこともある。だが、やはり習熟できなかった。

学生時代に数学の問題が解けないで夢の中で一所懸命に考えていたこともあった。また弁証法がどうとかいう思考そのものを夢にみたことがある。これはさめてみると、まことにたあいないことであったが、抽象的なことも夢にみることがあると悟った。あるいは思考する脳の部分が睡眠状態にはいっていないときにそのような抽象的な夢をみるので、その部分は言語をつかさどる部分と関連しているために記憶されていたのかと思う。ほかの夢がさめると同時に忘れられてしまうのに、抽象的な夢がおぼえていられたのは、たぶんそのためだろう。もし、おぼえられないのが夢だとしたら、この種の夢は、夢の部類へいれないほうがいいのかもしれない。

ところが不思議なことに、夢の中で「あれェまたここへ来た」、と夢の中だけにあらわれる特定の場所のあるのに気がついた。その場所は夢がさめたのちもイメージが残っている。

坂道であった。急な道で絵にかいたように向う側の店屋だけが見える。軒まで瓦屋根がのびてタルキが太い。家の中は暗いが、箱根細工のようなおみやげを売る店である。人影はない。ユトリロの描いた街の風景のように、変に淋しく、それでいてなつかしい。

夢をみていて、ふとその風景のところへ行く。ああ、またここへ来たと夢の中で思う。その前後の夢の始終もストーリイも忘れて何もおぼえていないのに、同じ風景の場所へいったということだけはおぼえている。これはいったいどういうことなのだろう。

ところが、それがどこかがわかったら、以後夢にあらわれなくなってしまった。

四十年ほどまえのある春、上州の伊香保温泉へ行った。そこの神社へのぼってゆくてまえの坂道を歩きながら、そこが夢に出てくる風景とそっくりなのを発見して、自分が頭でつくりだしたものでなく、幼いころじっさいに見た記憶があって夢にあらわれていたのだとわかった。だが、わかったらその風景が夢にあらわれなくなってしまったのが、まことに残念でならない。

伊香保に、幼児のころ、長く逗留していた記憶は、うすぼんやりとだが、私にはあった。ことによると七月に母が亡くなった六歳の夏かもしれない。四歳上の従兄が、伊香保の宿で私とハサミ将棋をやって負かすと、私が戸棚にかくれて泣いたほど負けずぎらいだったと、彼はよく後年いっていた。そういわれると、そんなこともあったような気がする。また友禅染めの下絵をかく秋元さんという人がうちに出入りしていたが、この人が訪ねて来たのだろう、雷がなったらひどくこわがっていたのをおぼえている。伊香保あたりは雷のよく鳴るところだ。子供の私がこわがらないのに、おやじほどの年の秋元さんが顔色をかえていたたまらないふうであった。

そのような伊香保の思い出と、伊香保神社へのぼって行く坂道とが完全に分離して夢の中にあらわれる。なぜか私にはまったくわからない。不思議だ。ひょっとすると母の死んだ悲しみを思い出したくなかったから、意識せずに抑圧するものがあって、そんなかたちになったのかもしれない。変な淋しさとなつかしさとは、自分では気がつかなかったが、マザーコンプレックスからきていたと解釈すれば、すんなりわかる。そして、伊香保の風景だとわかって以後、その場所へ夢で行かなくなったが、相変らずこれは夢の中でしか来ないところだぞ、と自分でいいきかせる夢の特定の場所は他にいくつかある。

忘れるということと夢にみるということとは、何かかたい連関がありそうに思えてならない。しかも人間にとって大事な連関が。

若いときよくみた夢でちかごろみない夢は、空中をとぶ夢である。墜落する夢もみた。墜落するとき、すーと空中をおちてゆくたよりなさに、地上へ届かぬうちハッとめをさます。ああよかった、と思う。胸がどきどきしている。

ガストン・バシュラールは、人間が両足で立ちあがり、天へ向ってまっすぐのびようとする垂直指向がそのような夢をみさせるのだといっているが、それがほんとうなら、私はもう天へ向ってのびてゆく指向性がおとろえ、腰がまがって地下へと方向転換を余儀なくされる年齢になったから、空中をとぶ夢をみなくなったのだろう。

また、墜落する夢は樹上生活をしていた原始人類の種的記憶がみさせるものという説があるそうだ。それなら頭で記憶していないで身体でよみがえって夢みさせるのであろう。忘れるという行為（行為かどうかわからないが）は、身についた記憶を物を遺失するようにうしなってしまうことではなく、記憶を整理しさしあたって必要なものと、さして必要ではないがあってもいいものと、忘れたほうが便宜なものとに区分けしているのではなかろうか。その忘れたほうがいいものも、忘れたことによって今の生に積極的な参与をしていると考えたほうが、解釈としては正しそうに思えてならない。われわれは忘れることをマイナスとして考えがちだが、貯金が減って心細いといったようなかたちで知識の蓄積が減少してゆくのをなげいてもしかたがない。忘れることは生のオートマチックな自己防衛であると評価すべきものだろう。夢はその忘れたことの代償であることもあろう。

ところで従来の歴史科学が、この夢をみる人間の身体的記憶を無視してきたことは、たいへんなまちがいであったのではなかろうか。樹上から落ちる感覚を忘れていて、地上生活以後の人間の生活だけから遠い未来に生きる人間の歴史を予見し、いい社会をつくろうなどというのは、おろかな科学主義のうぬぼれではなかろうか。もっと人間に即した科学がうまれないと、つまり忘れたことを理由までふくめて視野にとりもどす方法論が確立されないと、人間の歴史はもはやさきをとざされてしまいかねないと思う。

喪失した自分

いつかテレビに、自分の名前も職業も家族のことも全部の記憶を喪失してしまった五十歳くらいの男のひとが出て、顔を知っているかたは是非教えて下さいという番組があった。それが終らぬうちに、通報がよせられて、ほぼその人にまちがいないだろうということになった。その様子を見ていておもしろかったといっては、たいへんその記憶を失ったかたに失礼だが、いろいろのことを考えさせられ、考えさせられたことに興味があった。(それを今、書こうと原稿用紙にむかったら、どうもはっきりしなくなってしまって、私は記憶喪失症ではないにしても、相当忘れっぽくなっていることを余儀なく、再確認した。この程度でもいささか不安である。ある日突然完全な記憶喪失症になったら、想像もおよばぬひどい不安であるにちがいない)。

テレビにうつったとき、最初その人の肖像写真をうつしているのかと思ったほど彼

（Aさんとしておこう）は表情を動かさなかった。司会者が説明をしているとき、カメラがひいたので、Aさんは今スタジオに来てカメラの前にいるのだとわかった。その顔つきから、すでに通常の人と反応のあらわれかたがちがうのだとわかった。ただ自分のことがわからないというときだけ急に顔の筋肉がくしゃくしゃになり涙をこぼすのであった。

テレビに登場するまえの段階で、レポーターがAさんと接触し、どこか彼の思い出すところはないかと東京都内のあちこちをいっしょにあるいてみたのであった。Aさんの記憶の底のほうに教会の鐘の音がきこえたような気がするというので、探しあてたのがニコライ堂の鐘であった。ではこのへんに住んでいたのかと、近辺をあるいて、失われた記憶がよみがえってくるようにいろいろやってみる。が、それはむなしく、ただ日大工学部の門のまえで、どうもここへは来ていたという親しみを感じるというばかりであった。いっぽうで、土木建築関係の出願手続書か何かを書かせたところ、すらすらと専門家のように書いたことがあった。だから日大工学部卒業の建築関係の仕事をしていた人ではないかとも推定された。

言葉をテープにとって、アクセントやなまりを言語学者がしらべたところによると山口県岩国の南部に住んだことのある人で、おそらく十歳くらいまでの少年時代をそこで過した人であろう、とのことであった。東京ことばでしゃべっているAさんのしゃべりぐせから、そんな小区画の地域ことばをさぐり出せる現在の学問のありかたに驚いた。そして、その地方の住人から電話で誰さんにちがいないと、Aさんの姓名が通報されたのに、その正確さが実証され、さらに驚いた。

司会者は、その名前をいってAさんに思い出せませんか、とたずねたが、Aさんは一層混迷におちいったような顔をして「いいえ」と答えていた。つきそって来ていた精神科の医師が、今日はこのくらいにして下さい、逆効果になるとこまりますから、というので放映はうちきられたが、私はスイッチを切ってのちもなお自分がAさんになったような変な気がしてこまった。

その後、別のテレビ番組で脳の生理と機能を猿をつかって解説したのを見た。餌をかくしておくフタの形の区別を猿がちゃんとおぼえて、それをアトランダムに変化させても、餌のあるほうのフタを選択するという実験をし、つぎにその記憶を蓄積していると推定される脳の一部をスポイトで吸いとってしまうと、それが不可能になる。しかし、その部位と大きさの相違によって、練習によってまた選択が可能になるばあいと不可能になるばあいのあることが実証された。また脳に損傷をうけて言葉を忘れた女性に、マッチを見せて「これはマッチです」といわせるのを根気よくつづける医師の訓練もうつし出された。これらを見ると「忘れる」ということにも原因によっていろいろな差があることがわかる。Aさんのばあいには言葉を忘れていないし、書類を書けるほどだから知能もことさら駄目になったとはいえないらしい。ただ或る瞬間から以前の自分の歴史が消失したという忘れかたである。また言葉をしゃべる機能をつかさどる脳の一部が損傷をうけたばあいには言葉を操作することができなくなるという忘れかたをするわけである。

ところで、私はいつかどこかに猿の餌の実験について書いたおぼえがある。ボタンのどちらかを押すと、赤か青のふたがあいて餌が出るばあい、学習をした直後は赤の方か青の方か餌のある方を選択できるが、時間がたつと忘れてしまうので、また最初からやりなおさねばならない。それは青とか赤とかいうことを言葉で記憶できないからだ、と書いたようにおぼえている。こんどの猿の実験を見ていると餌を入れる穴のフタの形による区別の認知であった。だから青とか赤とかいう言葉の有無とはほとんど関係なく、形（パターン）の認知の問題であったし、それを記憶する脳の生理と部位の実験であった。結果は猿にも人間とおなじような対象の構造に対応した認知の構造があるということらしいから、赤や青という言葉がないから学習を忘れるといういいかたは、積極的な立証がなく、あてにはならないことになる。少なくとも不正確であったと思われた。言葉と記憶との関連はおのずから別の研究領域に属することらしい。とにかく、生理学も言語学も知らぬ私がかんたんに口をさしはさめる問題でないことだけはよくわかった。

しかし、角田忠信氏の説によると、日本人と西洋人の感性の相違は左右の脳の機能の違いに基づき、その違いを解く鍵は母音が大きな役割をはたす日本語の特殊性にあるという（『日本人の脳』）。言葉を受けとる聴覚の機能そのものが大脳の生理を変えるとすれば、大脳生理学自身もたんなる自然科学の領域からはみだして人文科学と深いかかわりをもたねばならなくなる。

しかし、話をもどすなら、そんなことは最初からわかっていることで、人間は専門に分割された対象ではなかったからである。

私が自分の忘れっぽさを反省し、忘れっぽいということ自身も私が生きることにとって何か意味があるのではないかと考えたレベルは、専門の生理・心理・医学のレベルではない。かんじんの専門家がもっとも素朴な人間の生きかたを忘れているのではないかという点に、私の問題はかかっていたのだ。

おなじくテレビで猿の個体ではなく、一つの集団での生態を見せてくれた。それによると餌をさきにわがものとした猿に対して、より強い猿も絶対に手を出さず、欲しそうな顔をしてそばで見ている。食べあまって放棄したものはつぎにわがものとした猿が食べるが、そのやりかたには、ちゃんとしたルールがある。ボスは敵が侵入すると敢然とたちむかい、集団を指導し保護する。これも権利と義務と名づけていいしくみに従っている。このような集団としての生きかたは、個体の大脳を分析解剖してもわからない。そして解剖する専門学者がそのような生態を忘れているし、忘れているように無視しなければ、大脳の医学的研究はできないという点を私は問題にしているのである。

　科学技術庁が編集協力している『プロメテウス』という雑誌を見ていたら、編集後記に、松タケを賞味することができるまでに随分多くの犠牲が払われたことだろうと書いてあった。つまり先人は有毒かもしれないものには手を出すまいという選択をせずに、犠牲を払っても気をつけながら食べようというほうの選択をしたのだといって「昨今の安全論議を聞いているとちょっと首をかしげたくなる」と暗に原子力発電反対などのことを風刺したつもりでいる。だが、おそらく鹿や猿や猪のような野生動物はキノコの毒を食べてから毒だと識別するのではないだろう。人間も文明になってから毒キノコにあたる人が多くなったので、その反対ではない。つまり犠牲を払って選択が上手になったのではなく、選択の能力を手に入れたと同時にまちがう可能性も手に入れたのだ。しかもそのことを忘れている。

〈忘れ〉と自由な構想

先日テレビで知った千秋実さんのことから話そう。千秋実さんは映画俳優である。黒澤明の作品で有名な『羅生門』や『七人の侍』などに出て活躍しているから知っているかたも多いだろう。この人が脳血栓で倒れたのは、連続ドラマの出演中だった。再起不能と思われたが、最近テレビに夫妻いっしょに素顔であらわれた。すっかり元気になって、もともと少しも変わらない姿を見せてくれた。

そのとき、奥さんの苦労ばなしが、私には非常に興味があった。

手術後、入院中だんだん意識が回復してきて、そのころは割合元気だったのに、退院してリハビリ段階にはいってから、逆に本人がダメだと気落ちしてしまったという。

気落ちするのも無理はない。まず時計を見ても時刻がわからなかったという。これは時計だという物としての識認はあった。だが長針と短針との指示する数字によって時刻を知ることができなかったとは、私には驚くべきことだった。

つぎにパンツを身につけるものだとはわかるが、どういうしかたで身につけるかがわからなくなっている。パンツを頭にかぶろうとしているのを見て奥さんはたいへんショックをうけたという。

それはそうだろう。冗談やふざけてやっているのではない。一所懸命はこうとして頭にパンツをかぶっている夫の異常行為を見て、ショックをうけなかったら、そのほうがどうかしている。そんなことさえわからなくなっているのか、だから、もうおれはダメだと、千秋さんのほうは気落ちするばかりだった、という。

第三に、マッチ棒三本を出して、これで三角形をつくって下さい、と医師にいわれて、できなかったという。これは構成能力の試験であった。たぶん幼稚園の入試にやる程度のことである。それができなかったとは、まことに不思議な、いっぽうからいうと恐ろしいことである。

医学と心理生理学の進歩で、以上のような能力低下や異状は、脳のどこの部分が障害をおこしたからとわかるまでにはなっているだろう。しかし、素人の私などにはかいもくわからない。それだけにまた興味がある。

千秋さんも倒れるまえは、時計を見て時刻を知ること、マッチの軸で三角をつくること、ましてパンツを足からはくことぐらいは考えなくてもできたはずである。それができなくなったのだから、いちおう忘れたという状態になったわけだ。かつて知っていたということ自体さえ忘れてしまった状態かもしれない。だが時計を時計と識認したし、パンツを身につけるものとわかっていたというのだから、完全に忘れてしまっていたとはいえない。

それなら、どこが覚えており、どこが忘れていたというふうに脳の部位に作用差があると考えねばならないのであろうか。そして回復するにしたがって、もとに戻ってきたのを言葉では「忘れていたのを思い出した」というしかないが、じつは脳のこわれた部位が回復し、識認作用を維持していた部分とつながったということなのだろう。

このばあいつなぎかたの選択は誰がするのだろう。脳自体の細胞か何か単位体が自立的に機能を発揮して、つながるというか、つなげるというか、ひとりでにそうなるのであろう。

もしそうなら、このばあい選択ではなくジャック・モノーのいう必然だけがある。その延長上にマッチ棒三本で三角を構成する構想力は必然的に生まれるのであろうか。私にはそうは思えない。生理的な必然と思考とはどこかで一線をかくしており次元のちがうことがらに思える。それでないと個体間の思考差が説明できなくなりそうだ。

生まれたてのアヒルの子の実験でいわゆる刷りこみ像ができるように、像と物との関係は偶然と選択のはいる余地がある。それは時計でもいえそうだ。近年開発されたデジタル時計と従来のアナログ時計とは、時刻を知るための機器としてはおなじ時計だが、時刻の知りかたは全然ちがっている。

デジタルは数字があらわれるのを読めばそれが時刻を指示している。その指示はつねに時刻であって時間ではない。ところが従来からの長針と短針のアナログ時計は時刻を知るためのものにはちがいないが、出発点は地球の自転を太陽との関係で夜と昼に二分し、それを十二に割ったものだから、太陽の回転の模倣・比喩でしかない。時刻よりも時間を回転において知るものといえるだろう。デジタル時計は数字記号が抽象的な時刻と直接的に結びつくだけだ。だから9：45が出ているとき、今は九時四十五分だと知りうる。だが十時の発車にあと十五分間の時間があると知るためには10から9・45をひいて15という数字を出さねばならない。完全に算数の操作である。

これに反して、アナログのばあいは、長針が9のところから12のところまで動く時間だと見てとる。だからかならずしも文字板に数字をかいておく必要はない。長針が直角（九十度）動けばそれが十五分間たったということだ。そう知ることができる。

千秋実さんの奥さんが、時計によって時刻を知ることを忘れてしまった千秋さんに教えたのは、まず長針が直角に動いたときに今何時だということだったという。十二時に針がかさなり、つぎに三時に直角になり、六時に百八十度つまり一直線になり、九時にまた直角になる。それが、まず基本であった。数字と時刻という抽象的な意味関係ではなく、図形の認知がさきだったといえる。

マッチの棒で三角形をつくることも、おそらく直角を動くのが十五分とわかる働きとおなじ種類のことだろう。そして時計の針の回転が円をえがくという認知と、マッチ棒三本による正三角形の認知は、どこかで相互に関連したにちがいない。それは脳細胞の自発的な必然ではなく、刷りこみと訓練とによる。そしてかんじんなのは、脳が記憶していることを意識のレベルで忘れていることだ。忘れるから構想力が自由をわがものにしてふるまえるのではないだろうか。

以上のことを考えると、コンピューターというのは、ひどく不自由なものらしい。一度入れたデータを忘れることがない。入れるデータの精密度とか重要度とかいうものは、求める応答の種類によってちがうから、その調節をうまくやらないと、かならずしも適切であるとはかぎらない。

人間は、忘れるという無意識の選択でデータを廃棄するから、かえって危険がなくてすむのかもしれない。人間にとって必要なのはつねにデジタルな精確さではない。

求めている応答のあるべきオーダーによって漠然としたことの方が精確だということもあるのだ。でなければパターン認識ということ自体が成り立たなかったはずである。

アイマイの効用

学校の教師をしている娘が、友達に電話をかけている。

「九時半ごろいつもの所で待っている。いいでしょ。じゃーね」

私は九時半ごろというのが気に入らない。きちんと九時半と時刻をきめて約束しなければいけない、とコゴトをいうのだが、いつまでたっても直さない。相手もたぶん何時ごろと時刻にゆとりをもたせたほうが気がらくなのだろう。しかし、十分も十五分もおくれて来て「待った?」などと平気な顔をしていられるのはごろというあいまいな時刻指定をするからである。私は待つのもいやだし、待たせるのもいやだ。したがって、きちんと九時なら九時、九時三十五分なら三十五分と、きめて約束する。自分の家にいて、雑誌の編集者などが来るのを待っているときでも、時刻を正確にまもってもらうことにしている。漫談が好きなので面会時間をのばしていくらでも自分がしゃべってしまうことは平気なくせに、何時におうかがいします、と電話してきていながら、自宅にいるのだから待たせてもよかろうくらいに思って、ゆっくりやってくる人がいるが、それはおもしろくないのである。人を待っている時間は何も手につかず、ぼんやりしていることさえできない。約束の時刻は何時何分ときっちりきめるべきで、何時ごろというのはいけない。

ところで考えてみると、ごろというアイマイないいかたもまた必要だからあるのであった。たとえば、「うちの娘ももう年ごろを過ぎてしまったので……」などとつかう。これは、はっきりしないほうがいいのである。私も内心やきもきして、早くなんとか相手を見つけてくれないものかなアと心配していたが、先日、やっと結婚してくれた。記念帳に「やれやれ」と書いてほッとした気持ちをあらわしたが、これではあまり率直すぎるかと気がさして、「やれやれ」は、れのほうにアクセントがあるものと思ってくれと言いわけをした。それほどだから幾歳幾月と正確な年齢などをいうのはやめて年ごろと、漠然といういいかたがあったほうがいい。昔は「さだすぎ」という言葉があって、平安朝の物語には、若い娘がすぐに「さだすぎ」てしまうことが書いてある。

何時ごろという漠然としたいいかたもつかいかたによっては妥当かつ的確なのであ

る。

自然を観察するばあい数をかぞえるような見かたをすると風趣が消えてしまう。蕪村の有名な句、

牡丹散て打かさなりぬ二三片

この句の二三片を、もし正確に三片と数をかぞえていっていたら、おそらく句にはなりにくいだろう。数はあげているが、二つ三つとかぞえてたしかめたのではなく、牡丹の大きな花びらがはらりと散ってかさなった状景をよんでいるのだ。この句から目に浮かぶのは、音もなくはらりと散る牡丹の花びらを焦点として、その周辺をソフトフォーカスにつつみこんでいる気分である。数を計算する目で見たのでは、この雰囲気はつかめない。このばあいはどうしても二三片とアイマイないいかたをすることが必要不可欠な条件なのである。

つまり九時三十五分にお会いしましょうといったような精神のありかたとはちがう次元によって成り立っている。人間にはいろいろの感じかた考えかたがあって、領域がちがえば表現のしかたもまたちがうのがあたりまえなのだ。

時刻を指定するのに二、三時にあいましょうといったのでは通用しないが、蕪村の句のばあいでは「二三片」でなければおさまらない。数としてはアイマイだが、表現

としては正確なのだ。この相違は、内容を空白化した時間のきざみめとしての時刻を共通にするのと、客観的な風景をとらえて主観的な内実を共通化しようとするのとの相違である。前者は二に二を加えると四という数学的な考えにつながる。これに反して後者は芸術的な認識にほかならない。そういってしまえば事柄は簡単だが、実際の生活ではつねにこの両者をつかいわけしていて、つかいわけしていること自体を意識していない。意識できないというのか、とにかく忘れている。

このことに気がついたのは、私も近年のことである。

出雲大社の裏の山を車で一時間くらい走って日本海がわの小さい入江に出たとき変な、なつかしさと寂しさを感じたことがあった。ちらりと海を見て、入江にそった道を左へ迂回しながらすぐまた山へはいってしまったが、一瞬のうちに小さい入江全体が見てとれた。山の下の道と水面の差が五十センチくらいしかなく、砂浜は右側へのびて、そこに舟が四五艘ひきあげられていた。人影は全然なかった。人びとはみんな死に絶えてしまったのかと思われた。それほど風景がしんと静かに凍っていた。

通りすぎてしまってから、私の印象の中の絵で、舟はたしかに五艘あったとかぞえることができた。しかし、その風景を文章にして書くとなると、「舟が四五艘砂浜にひきあげられていた」と書くよりしかたがない。五艘と数を正確に書くと私の主観的なものが逃げてしまうのである。

このときの私の心理を反省してみると、注意して見るばあいに、ズームレンズでピントをあわせるように全体と部分とが移動しつつ注意の焦点がきまるということなのだ。ほとんど意識していないが、見る対象を選択して見ている。では選択にもれた対象は見ていないのかというと、そうではない。はっきり注意していないだけで、見てはいるのである。いってみれば半注意の状態で見ている。この部分が周囲に残像として記憶されるからかんじんの焦点が注意の対象として明確化するのである。数をかぞえるのは物を捨象して数詞化する過程がそこにはいる。だから、注意の焦点である対象を意味するものとしてとらえ形象化によって注意主体の内実を意味させる表現行為とは指向が反対になる。蕪村は牡丹の花びらの散る状態、はらりとおちて、すでに落ち散っていた花びらのうえにかさなったというその状態に焦点をあわせて見ている。二片の花びらのうえに三片めがおちたと数をかぞえているのではないから「二三片」といっているので、このいいかたでないと牡丹の花とその周辺とが濃淡をもった絵として浮かんでこないのである。

幾時にどこそこで会いましょうというのと幾時ごろ会いましょうというのとでは指向の選択の段階ですでにちがっていたといっていいだろう。私のいいたいのは、そういう選択が無意識におこなわれることに注意して欲しいことなのだ。さもないと何かかんじんのことを忘れていることになりそうな気がするのである。

実は選択そのものが科学指向と芸術指向といったような二方向だけではない。中谷《なかや》宇吉郎《うきちろう》がいっていたことだが、知識人に地球の形をどんな形かときくとたいてい蜜柑のようだと答え、少年にきくとゴムマリのように丸いと答えるとのことで、これは少年の答えの方が正しいと、中谷は断定している。知識人は地球の直径が赤道におけるより南北の方が短いのを知っているから蜜柑のようにまん丸より少しひらたい丸を考えるが、その南北直径の短さは地球の大きさからいえばとるにたらぬもので、直径一メートルの地球儀をつくっても差はないのだから、まん丸という小学生の答えの方が正しいのだという。つまりどの程度の精密さで問題に答えるかで、答えの当否がきまるのであって、オーダーがちがえば答えかたをちがえなければならない。どのオーダーかに選択がはたらくべきものである。求められている答えが何を目的としての設問かによって答えかたを選択しなければならないわけである。近年科学不信の風潮がつよいのも、つまり選択を忘れていて不当な答えをも科学の中へくみこんでしまう軽率な人たちが多いせいであろう。

共同の原型

ＮＨＫのテレビ番組に『新日本紀行』というのがある。ちょっと行かれぬような辺鄙な土地の風景や習俗がとらえられているので、私はなるべく見るようにしている。足もとがあぶなくなったし、まえから丈夫でないから、ひとりで旅行にゆくわけにいかず、そのうえ交通費があがるいっぽうなので、とても遊び歩くわけにいかなくなった。テレビでその土地へ行ったつもりになって楽しんでいるのである。

しかし、それを見ながら毎度いらいらさせられることがある。私は郷土芸能や祭りのやりかたに特別の関心をもっているから、もう少しつづけて撮っていてくれたら、と思うところでパッとつぎの場面に切り替ってしまうようなときである。それだけでは、参考にならないよと、プロデューサーかディレクターか知らないが当の責任者に文句をいいたくなる。でも私のような見方をしている人ばかりではないだろうと反省して、いらいらした自分の気持ちを落ちつかせるのである。

その切り替ったときのシーンが、さらさらと流れる清い水の中へ紅葉が浮かんでいるところだったり、蛙が一疋のんきにそらを眺めてのどもとをふくらませたりへこましたりしている場面だったりすると、いらいらは怒りに似たものにふくらんでしまって、見ているのは自分ひとりではないと反省するもののなかなかおさまらないのである。『新日本紀行』という番組にそのようなインサート・ショットは全く不要なもの、本質的に無駄なものとしか私には考えられないからである。

たとえば出雲の山の中をとっているときも、九州南部の山の中をとっているときも、紅葉そのものの一枚はちがいはないのだ。『新日本紀行』はそんな細部がおなじであることを見せるためにあるのではないだろう。そこに住む人の生活、生活と環境との関係を記録しそれを視聴者に呈示しようとするものである。私はそれによって日本の文化の地理的な構造を知るよすがにしようと思って見ているのである。文句をいいながらも見ているのは、やはり私にとっておもしろいし、参考になるからである。その次元では一枚の紅葉が渓流を流れていくなどというショットは全くナンセンスであって、カメラマンの無考えなマンネリズムである。

概していえば、われわれの文化は季節の感覚と密着してそだってきた。農耕が季節にしたがうからにちがいない。春の花、秋の紅葉もたんなる自然に対する美感だけで観賞されたのではなく、農耕と関連して注意されたのがもとでだんだん美意識が生まれたのである。

『源氏物語』などになると春と秋とどちらがいいかという季節論がたたかわされ、そのことが歌合わせのように遊戯的な勝ち負けをきそっている。つまり実際に田畑を耕作しない人たちによって耕作の暦であった花紅葉が美の対象として観念的な美しさに転化したのである。

一度その観念ができてしまうと、いつまでたっても「竜田の川の錦なりけり」式の美意識が常識の中に居すわって、『新日本紀行』の中にまで、清い小川がさらさら流れ、鮮やかな紅葉一枚が行方さだめずゆらゆらとという光景が出現するのである。

もし、人間生活と地理的環境を知りたい、習俗と祭りと村を知りたいなどという要求をもたないで、その不必要なインサート・ショットを入れるマンネリズム自身を考えてみようというのなら、これはまた貴重な研究対象であるかもしれない。

前に、蕪村の句「牡丹散て打かさなりぬ二三片」をあげて、芸術的見かたと科学的見かたでは正確さがちがうことをいったが、『新日本紀行』の風景描写はたぶん和歌や俳句の自然観賞につながっているのであろう。蛙が一疋、目をむいてのどをふくらましているシーンなどは芭蕉の古池の句以来の伝統なのかもしれない。そうだとすれば、村の景観を遠くからカメラでとらえているときも、地理的正確さよりも情趣的な風景としてうつしていることが多いはずである。

こんもりとした村の鎮守の森があり、そこへ細い道路が向っている。移動で道をたどってゆくとやがて神社の鳥居が見えてくる。そのまえに祭りののぼりが立ててあり、風がそれをはためかし、境内からは太鼓がひびいてくる、といったような場面には幾度となく接している。われわれは心のふるさととして、幾度接してもなつかしく、心のときめきを感じる。

これらもマンネリズムといえば、そうなのかもしれないが、紅葉一枚のショットとはちがう。紅葉一枚のほうは俳句的自然観賞のマンネリズムからきたものだろうが、祭りのほうは習俗伝承そのもののマンネリズムと内面的につながっている。習俗のとらえかたがマンネリズムなのではない。

風景というのはひとりひとりの心とつながりがあり、たんなる客観的な景観ではない。人びとが心との関連で外に見る何かだ。したがって、風景はひとりひとりが違って見る景観であるはずである。理屈はそうだが、いい風景といえば人びとのあいだに合意があり、日本三景とか近江八景とかいう風景がモデルになって、他の場所の風景もそれに似てくる。それは風景画、山水画においてもおなじである。それぞれの画家が個性を生かし創造努力をしたにしても風景画として人びとに承認されるためには、何か共通したものがなければならない。

われわれは、それを忘れているのだが、風景をあらしめるための原型といったような共通のものが生きているのであろう。

たとえば富士山は美しいという。大森貝塚を発見したモースが、日本人に富士山の角度をかかせてみたら、全部が実物よりも傾斜が鋭角になっていたと書いていた（『日本その日その日』）。つまり自然科学的正確さでとらえようとしてもなお自然観賞の美的認識がしのびこんでしまうほど、われわれは富士山に特殊な関心をもっている。それは、共同の原型であるにちがいない。

銀閣寺に向月台という円錐形にもりあげ上部をたいらにしたもり砂がある。何のためにどうしてそこにあるのかわからないが庭さきにある。上賀茂神社にも、これは完全に円錐形のもり砂があるから、昔ある時期につくられ、それが今まで存続しているのだと思う。建築工事場などへ運搬して来た砂をトラックからざあーっとおとして放置するとひとりでに円錐形になる。つまり崩壊してしまったあとの一番安定したかたちなのである。富士山もそのような安定したかたちを見せているから特別な感情で見られていたのである。

セザンヌの有名な言葉に、「自然を円錐と、円筒と、球体とによって扱うこと」というのがある。われわれが富士山を見る気持ちと、どこでかさなり、どこで違うのかは興味ある問題だが、科学と芸術とのつながりかたが、われわれとちがうのはたしかだろう。彼なら富士山の傾斜を正確にとらえて、しかも審美的要求とずれることはなかったにちがいない。

われわれの先人（明治初年の学生）は正確に見ようとしても、富士をより鋭角にそびえるものと感じていたのである。これは認識能力の個人差によるのではない。文化をおなじくするものの共同の原型のちがいでそうなるのである。しかも、それを完全に忘れている。しかし、西洋の人もわれわれもおなじ原型によって作用されている面もある。

たとえばテレビである。ブラウン管は電球とおなじで丸くつくるのが一番やさしく、それが自然であった。だのにテレビの画面は四角である。無理に四角をつくってそのわく内に映像がうつるように強制したかげの力があったとしか思えない。それは共通の身体が維持していた原型感覚であったがゆえにわれわれに意識できなかったものであろう。

〈だろう派〉の主張

学者の書くものを読むと、ときどき頭をかしげたくなることにぶつかる。正しいことは一つときめすぎているきらいがある。2に2を加えれば4である。これは3でも5でもない。4が正しい答えである。それ以外の答えはまちがっている。

しかし、数学的な正確さだけが求められているのでない問題もある。むしろ人文科学の領域では数学的な正確さでこれが正しいといえるのは少ないのではないだろうか。

私は今、ないだろうか、と書いた。ではなかろうか、などとも書く。これが唯一の正しい答えで、だからであるといいきる、というまでの確信がないのである。だろうというのは、きわめてアイマイで自信がなさそうに見える。わるくいえば、自信のないことを責任のがれにだろうとぼかしていっていると、とられそうだ。しかし、私は確信がないのであるとはいいきっている。つまり確信がないということについては確信をもっているのだ。けっして責任のがれにぼかしていっているのではない。

昔、学校の先生から「だろう派」とひやかされたことがある。だろうと書いてであると断定することが少なかったからである。私は自分を弁護して「だろうをであるにしてゆくところに学問があるのだから、だろう派で結構です」といった。いまだに「だろう派」である。

ちかごろ、考えてみるに、だろうというほうが正確で、であると断定するほうがかえってあやふやなのではないかという事柄が多いことに気がついた。簡単なことだが、私の住んでいるところは藤沢市辻堂の東海岸という地名で呼ばれている。どこからどこまでが海岸かは地図の上では区画されているが、実際には判然としない。

汀などという言葉も、しごくアイマイで潮の干満でちがうのである。あるいは干満によって水が移動する範囲が漠然としているから、汀という言葉があるのだろう。アイマイだから正確だという次元のものいいがあるのだ。

海岸や汀については異論はないと思う。がおなじ私の住む町の、漁村であったころから今にいたるまで、正月の門松やシメ飾りを燃すカンチとよばれる場所の名については、説がわかれるであろう。古い村は東・西・南・北の四つにわかれており、中央の四つ辻のちかくに諏訪神社がある。この神社の祭りもノボリを四ヶ所に立てるし、山車も四台あるから、東・西・南・北の村はそれぞれ独立しながら協力関係にあったことがわかる。

この四つの村から外へ出てゆく道の村はずれに道祖神の石が立っていて、そこが正月のドンド焼きの場所である。道がマタになっているため、その場所は三角の空地であった。今は住宅がたてこんできて、どこが古い村かわからなくなり、地所も整理されて、道祖神そのものを小さな公民館の庭に移したりしてしまったが、戦後まで昔の空地は残っていた。それを村の人たちはカンチとよんでいた。

このカンチを、私は幾人かの人にどんな字を書くのか訊いてみた。神地・官地・閑地と三とおりの答えがあり、それぞれ自分のいうことを疑っていない様子であった。道祖神を祀っている場所で神さまの地だという解釈、明治になって耕作地に縄入れがあり租税を改めたとき官有地として課税の対象にしなかったから官地という解釈、作物をつくらないから閑地だという解釈。それぞれもっともらしくて、そのうちの一つが正しく、他の二つはまちがっているとはいいがたい。

ところが語源をせんさくする学問は、こういうばあい、おおむね一つを正しいとし、他の二つをまちがいと断定する。言葉ができた時点にさかのぼり、どういう意味の言葉がどういう活用により、あるいは音韻の変化によってそうなったかを説明する。そして民間語源説なるものをほとんど相手にしない。しかし言葉はコミュニケーションの媒体として働いているときが生きている言葉である。いちいち語源をせんさくしてしゃべっているわけではないが、無意識のうちに関連があると思っているから、それを意識化したとき民間語源なるものとなって解釈があらわれる。すなわちコミュニケーションの内部では、まちがっているかもしれぬ語源解釈が暗黙のうちに生きているのだ。生きているとすれば、それをまちがった語源説とは、いちがいにいえない。上にあげたカンチにしても使用者がそれぞれ神地・官地・閑地と思ってしゃべっているのであって、通用しているかぎりは、どれも正しいとしかいいようがない。真理は一つと思うこと自体がまちがっている問題がいくらもあることを忘れてはこまる。

もう一つ例をあげよう。『源氏物語』の夕顔の巻で、夕顔をとりころすもののけのことである。

なにがしの院へ、光源氏は五条の宿から夕顔をつれて来てしまう。夕顔は不安におののきながらも、光源氏の正体を知らぬまま、力なく、荒れた院へ従って来る。その夜、彼女はもののけにおびやかされて急死してしまう。

光は枕がみに立った姿から、六条の御息所のイキスダマが襲って彼女を殺したのだというような気がする。本文にもそれが事実のような暗示がある。

夕顔の巻の冒頭に、すでに「六条わたりの御忍び歩きのころ」と書き出しているし、夕顔の急死のおこる前段で「六条わたり」のことを、さらりと書きながら、きちんと伏線がはってある。御息所は「いとものをあまりなるまで思ししめたる御心ざまにて、よはひのほども似げなく、人の漏り聞かむに、いとどかくつらき御夜《よ》離《がれ》の寝覚め寝覚め、思ししをるること、いとさまざまなり」といった有様なのだ。したがって、御息所の生霊が襲って殺したと、紫式部（作者）は自身そう思って書いたと断定していいように思われる。

ところが、巻末にちかく、夕顔の四十九日の法事をすましたあくる夜、光は夢を見る。「君は夢をだに見ばやと思しわたるに、この法事したまひて、またの夜、ほのかに、かのありし院ながら、添ひたりし女のさまも同じやうにて見えければ、荒れたりし所に棲みけん物の我に見入れけむたよりに、かくなりぬることと思し出づるにもゆゆしくなむ」と書いて、荒れた家に棲むもののけが、御息所と見させたのであって、結局もののけこそが夕顔を殺したんだと、光は思った、というのだ。

紫式部は（御息所が犯人かもののけが犯人か）どちらの見解をとって書いたのか。これが従来問題となって来た。読んでおもしろければ、それでいいという人にとってはどっちでもいいと思える問題だが、研究者にとってはかならずしも小さくない問題で、夢の解釈に対する作者の考えが当時の常識とどう関連していたかなど、疑問がひろがると、おろそかにしてはおけない問題なのである。

しかし、私はこれなども、御息所の生霊か院に棲むもののけかの二者択一ではなく、どっちつかずの漠然とした考えかたがあって、それを作者はそのまま書いたとするほうが、思考のリアリティがあると思う。われわれはつねに漠然としたままを認めて、いっこうにこまらないでいる。ところが、考えるとなると、2に2を加えると4といったような答えを出したがる。そういう思考のうえの性癖のようなものを、とかく忘れている。私は忘れっぽくなって、かえって「いい加減さ」を自覚でき、あいまいさも一つの正確さであることを知った。忘れっぽさもまんざら捨てたものではないのである。

置き忘れる眼鏡

三十年まえに死んだ父がよく老眼鏡を置き忘れて探していた。いつのまにか自分がそれとおなじことをやっている。目の性だけはいいほうで、学生時代明治神宮の球場の外野席の一番遠いところから貴賓席の上にある時計の針が見えた。近いところももちろんよく見えたので、からだのどこといって丈夫なところのない私だが、目だけは自慢できた。ところが五十ちかくなったころまず新聞の字があやしくなり、ふつうの読書も明るくないとぼやけてきた、やっぱり年には勝てないと老眼鏡をつくって、生まれてはじめて眼鏡をかけることの不自由さを知った。

その後幾度かつくりかえてきたが、遠くを見るときには必要なかった。それが、能を見にいって、かんじんの能面の目鼻だちがはっきりしなくなってきた。視力が弱ったせいだと思っていたが、念のため検査したら、視力は変化せず老眼に加えるに遠視になったのだという。理屈はどういうことなのかわからないが、新しくつくってもらった眼鏡をかけて見ると、なるほど能面が遠くの席からよく見える。よく見えるのは結構だが、番組を見たり、メモを書いたりするときは、今までのとかけかえねばならない。そのたんびにはずしたりかけたりを繰返す。それが、たいへん面倒である。うちにいるときもテレビを見るときは新しいほうの眼鏡をかけて見た。したがって眼鏡をとったりかけたりするのは、以前よりはるかにひんぱんになった。それだけまた、どこに置いたかわからなくなってしまうことが多い。

自分がかけているのを忘れて、どこだどこだと探しまわるほどソソッカシクはないが、それでも結構わきから眺めていたらおかしいことをやっているらしい。部屋の中をぐるぐる三十分も探していって見つからないで弱っていると、ちゃんと机の上の辞書の上にのっていたりする。置くときにどこと意識せずに置いてしまうのだ。ほかの物は、ほとんど置き忘れないのに眼鏡だけは、いくら注意していても置き忘れる。これは特別に理由があるにちがいない。

目は私が生きている空間と特別な関係をもっている。顔に二つの目があるために、顔の向いているほうが前で、その反対方向がうしろである。抽象的で同質な空間にはまえもうしろもない。私という主体があるから、それとの関連で前後がある。つまり私が生きている空間は抽象的で同質な数学的な空間ではなく、私の生との特別な関連を、構造としてもっている空間である。

私は自分の寝室にベッドがどう置かれているかを知っている。暗い部屋へはいって電気のスイッチを押し、服をぬいで寝巻きに着かえ、枕元の電気スタンドをつけて、天井の電気を消してベッドにはいる。しばらく本を読んで、眠くなったころスタンドを消して静かに眠る。夜中に便所におきるが、暗いなかで物にもぶつからず廊下を通って用をたしてくる。すべて、必要な物のあり場所は、ひとりでにわかっている。いちいち記録しておかなくてもからだが知っているように部屋の中の空間が秩序だっている。

書斎の中も同様である。こちらは畳敷きで中央に机がおいてある。その上にペン皿や辞書や読みかけの本がつんである。今そこに何という書名の本がつんであるのかはおぼえていない。書名はおぼえられない。が、買った本、贈られた本、本棚からひっぱり出して臨時においてある本、みんなわかっている。

私との距離、容積はわざわざ計測しなくても手をのばせば届くとか、届かないとかいうことは、ちゃんとわかっている。

昔、縄の長さをはかったひろは、両手をのばした長さであった。メートルといったような抽象的な長さではなかった。その縄で面積を測量した。矢の長さは十二つかなどとにぎりこぶしの幅ではかった。空間に対する感覚はすべてこのようにからだで計測され、からだでおぼえられていた。今でも生きている空間は同様なのだ。それが構造とか秩序とかいう概念が形成される基礎であった。私の住む空間は、私によって生きられている空間というのが適当なのだが、日本語ではそういういいかたをしないだけのはなしで、どこもかしこも空虚で同質な数学的な空間なのではない。

　さて、以上のように考えると目は主体にとって何かという問題が出てきそうである。からだの一部でもあるが精神の一部でもあるような気がしてくる。つねに見るものとして、自分のがわにある。

　眼鏡は私の机や電気スタンドとはちがって、ただの物ではない。机や電気スタンドは私のからだとは離れており、空間をおくことによって私によって生きられている空間の秩序にくみこまれている。だが眼鏡はかけているとき私の目の一部である。かけていないと目が目としての機能をはたさない。しかし、とりはずし自由であるから私のからだの一部としての目とはちがう。目は鼻や舌や耳同様とりはずし自由ではない。つまり、眼鏡はからだの一部ではないという意味では机や電気スタンドに似ているが、目の一部としてはそれらの物と本質的にちがっているのである。

机や電気スタンドを置き忘れるということはない。それによって私の空間が構成されているからだ。そして目や鼻もまた置き忘れることはない。からだの一部としてつねに私自身とともに在るからだ。このことからいって、眼鏡を置き忘れるのは、置き忘れないものとしての両極の中間にゆれているからにちがいない。両極とは、家具調度という生きる空間の構成要素とその反対極にある肉体の部分としての器官である。要するに目玉を机の上に置き忘れる心配をする必要はないから、それの付属である眼鏡を、つい目のように扱って心配せずに机の上に置き忘れてしまうのである。

これは至極たんじゅんな思考上の習慣かもしれない。しかし目とからだとの関係で思考自体を省察すると、少なからず重要な問題がかくされている。哲学用語でいえば空間と時間との問題である。議会の答弁にさえ「前向きに処理いたします」などというから空間が人間のからだとの相関で考えられてきたことは明瞭だ。しかし時間的にはあまり精密に考えられてはいない。

たとえば忘れるということは、記憶があった意識の残像が欠落することだとすれば過去としか関係がない。時間の様態を過去・現在・未来の三つに考えるとすれば、忘れるは過去としての時間である。前向きを未来とすれば、後ろ向きでしかありえない。しかし、過去が記憶に対応するように、現在は直観に、未来は想像に対応する。そして前向き、後ろ向きという主体の姿勢によって変換したから未来も過去も時間を空間化していることになる。

ややこしい考えをとびこして結論をいえば忘れるというのは、過去に属しながら、過去からぬけだして自由になることである。目がからだからぬけだせないのに、眼鏡は置き忘れられて主体から自由な位置にいられる、だが主体と何かでつながれているから眼鏡というからだの一部でとどまっており、ただの物ではない。あるいは身体をからだと別のものだとすれば眼鏡のからだとのつながりは身体的なるものだといえるのかもしれない。目と眼鏡との関係は、からだと身体との関係を示唆しているらしいのである。

内と外の間の漠然とした領域

私も老眼鏡を置き忘れることが多くなった。そういう些事も、認識の問題として考えると、なかなかかんたんに見すごせない。そんなことはへりくつで、ひまな隠居のムダグチだと思われようが、昔からよくいわれた言葉に「色眼鏡をかけて見ている」というのを思い出してもらえばいい。「あいつは赤だ」などといういいかたが、社会的非難の重みをもっていたし、今でも全然なくなってはいない。

物としての色眼鏡をかけているわけではないが、その人によって特殊な見かたがあり、それによると、ちょっとした言葉のはしや態度だけですぐに「あいつは赤だ」と見えてしまうのである。つまり赤だと見える色眼鏡をかけているのに本人は、眼鏡をかけていないで正当に見ていると思っている。と、いうことは、眼鏡をかけていなくても、眼鏡をかけているのとおなじだという認識であって、当のそういわれた人間からいえば、お前こそ色眼鏡でおれを見ている、と反論するかもしれない。世間でいう水かけ論になるしかないが、見ると眼鏡の関係の問題は、おろそかにできない証拠である。

見るという行為が、他の感覚より人間の知識形成にとって重要な役割をしていることはたしかだ。日本語にはこころみるとかやってみるとかいう言葉もある。たんに目で見るだけでなく、それを拡大した行為にまでおよぼしている。視覚以外の感覚、たとえばにおいをかぐ、あるいは物にさわるといったような嗅覚や触覚のばあいにも、かいでみるとかさわってみるとかいう。だが、さわってみるだけでは極めて不確かだと、いっぱんに思われている。

ことわざに「群盲象をなでる」という。巨大な象を手でさわってわかろうとしても、鼻や足や尾の一部しかわからない。だから象の全体を見ることによって、触覚でわかるのが全体の部分であることを知らねばならない。

視覚は、認識の主体がどんな環境におり、空間の秩序とどうかかわりあっているかを一瞬にわからせてくれる。感覚器官のうちそれが可能なのは目だけである。したがって、記憶にとどめるにも、人間は目で見たものを、いちばんおぼえるようだ。もっとも聴覚型の記憶にすぐれた人もいて、耳で聞いたことをよくおぼえる人もあるそうだ。

私などは、耳がバカで音楽など幾度聴いてもおぼえない。そのかわり、目で見たほうは、わりあい忘れない。とにかく、見忘れたとか聞き忘れたとかいう言葉はあるが、さわり忘れたなどといわないから、触覚はあまり記憶するうえで重要とは思っていないのだろう。

視覚と聴覚は主体を離れた対象をとらえる。だからそれらを基礎とした知識はどうしても空間的にならぬわけにいかない。ところが、多くの動物は嗅覚が記憶の手段として大きい役割をしているそうだ。たとえば鮭が自分の生まれた川へさかのぼって、産卵するのは嗅覚によるといわれている。もし、そうだとすれば鮭の空間は人間と全然ちがったものだろう。

われわれは、同質なからっぽの空間を考えることができ、物をその空間に配置し、存在の秩序をわかることができる。わかるという言葉自体が元来、分割する意味であった。つまりわかりかたが、すでに空間的であったのだ。もし鮭の空間が考えられるとしたら、それは人間の視覚的空間とちがうという意味で、あるいは時間的といっていいのかもしれない。もちろんこれは、冗談のようなもので、何の根拠もないことだ。しかし、人間が時間を考えるにさえ空間を投影させ、延長として考えるというベルクソンのいうところを裏返してみる必要がありそうだ。

卵からかえって稚魚になった鮭が、川をくだって海へ出て、どこかを回遊しながら、きちんときまった年月を経過してもとの川へ戻ってくるのは時間に空間が投影しているからにちがいない。われわれは、それをDNAという遺伝的情報源までおいつめたが、それはやはりわかるという分析的（空間的）方法によっている。

そして、そのような科学のゆきついたさきに人類の危機が待っていた。それは、わかるという方法ではまずいことがあるからにちがいない。さしあたってそれを視覚優位の知から鮭などのように嗅覚優位の知にくみかえてみてはどうだろう。

鮭は無理だから、中村雄二郎氏が『共通感覚論』でいっているように触覚優位にくみかえてみるのもいいだろう。

今まで忘れるという言葉をいろいろにつかってきた。ひとの顔を忘れたとか、名前を忘れたとか、傘を電車に忘れたとかいう忘れるはほぼ同種のものと考えてもいい。自転車に乗るのはからだがおぼえるから忘れないという忘れは、名前を忘れないというのとは少し違う。頭でおぼえるのと違うから忘れないのだ。もし頭でおぼえたことを忘れるばあいにだけ忘れるという言葉をつかってよろしいと限定し、ほかを禁じるとすれば、自転車に乗るのを忘れないとはいえないことになる。それは不自由だ。

そして、ちがうことを同じ忘れるという言葉でいうのは根拠があり、ただその根拠をなんらかの意味で忘れているゆえだとすれば、忘れるを限定するのはおかしなことになる。

生理学、心理学は、たいそう精密になったから、この種の問題はきちんと説明がついているはずだ。私がいいたいのは、それでもなお忘れることを忘れていそうな気がするからなのだ。

たとえば子供を育てるのにスキンシップがだいじだなどという。日本にも肌があうとかあわないとかいうことがあるから、触覚をだいじにする考えかたがなかったわけではない。それでいて、学校給食でハシをつかわせずサキ割れスプーンをつかわせ、手の触覚的訓練をおろそかにしている。手工芸のたくみを忘れて機械化がはじまったころから人間の生活はあやしくなってきたのだ。

正月に年賀状を書くためひさしぶりで毛筆をつかってみた。いつもペンをつかっているため運筆がうまくゆかなかったが、何故か書いているうちに腕や指さきに力をいれるやりかたがだんだんもどってきた。

毛の弾力、墨のふくみぐあいで、紙に接触する筆の穂の微妙な感覚がちがう。紙に直角に穂をおろし、接触させたところで息をつめ、まあいを計ってスーッと右へ一本、筋をひいて、とめたところでまた接触をつよくする。

そういう力のぬきさし抑揚と速度の遅速とが混然一体となって、そこに何かが感じられる。穂の長短と柔軟さのちがいによって手ごたえがちがう。しかしそのちがいをマスターして自由にあやつれるとき、筆は手の延長であって、たんなる物ではない。しかも肉体としての手を越えるものだ。走っているときの自転車、泳いでいるときのプールの水とひとしく私によって生きられているものであり生きているものだ。純粋な持続としての時間が成り立つ場とはこのような領域ではないだろうか。

楷書、行書、草書はそれぞれ時間がちがう。それは説明できない。触覚の言葉が貧弱だからである。だが、漢字の草書からひらがながうまれ、それをつづけて流れるように書く触覚の知がなければ『源氏物語』のような作品はできなかったにちがいない。口誦文芸ではなく、紙に筆で文を書く時代に、毛筆のおさえたり浮かしたり、のばしたり止めたりする流麗なひらがなの書き心地を実感できなかったらあの文章は書く可能性がうまれなかった。それは文体という身体であろう。書く人自身は忘れている。

2

カラダがおぼえる

台風が来るまえで海があれていた。姪の夫婦が遊びに来たのに海へははいれぬという。風が吹いてなんとなく気温もさがっている。海岸の県営プールへいってみませんかとさそわれて、やっと腰をもちあげた。

春さきに散歩がてら、そのプールの横を通ったとき、人っ子ひとりいない水が青く澄んでいて、およぎたいという欲望が切実であった。夏には人びとがはなやかな色彩を身につけて水とたわむれているであろうと想像すると、一度はいってみておいてもわるくないと、さそいにのったのだ。

ウィークデーのせいもあったろう。プールはわりあいすいていた。プールサイドの脚立の上に救命員が監視していて、三十分おきに全員を水からあげて、水につかりすぎぬよう注意し、水にはいるまえは柔軟体操をさせたりしていた。

私は五十年まえ大学の水泳部にはいっておよいでいた。パリのオリンピックではじめて入賞した高石選手を記念したプールで、彼もまだ学生だった。高石の百メートルのレコードがやっと一分を切った程度のころ、私は一分七、八秒でおよげた。選手ではなかったがふつうの人のあいだならへたなほうではなかった。早くおよぐことよりおよぐことそのことがたのしかった。

病気になってからも水の誘惑に抗しきれずに一度海でおよいだことがある。その夜ひさしぶりで喀血してやっぱりダメかと思ったが、悔いはなかった。それほど水の中で身体を動かすことはたのしい。

姪の亭主は、時間をはかってて下さいと頼んで五十メートルをブレストでおよいだが、それだけでふうふういっていた。会社へつとめて、これという運動をしていないと、やはり四十ちかくでこうなるのだろう。病人で老人の私などは水にはいったとたんに心臓マヒをおこしてしまうにちがいない。そう思うせいか水の誘惑も以前ほどははげしくはなく、ビキニの女性をながめても、どうということもなかった。われわれの学生時代より女性の体格が見違えるほどよくなったし、その体軀を堂々と太陽にさらしているのは美しい。これだけは無条件に戦前よりいいことだ。

しかし、彼女たちはおよそ水泳はへたである。ほとんどおよげない。プールサイドで皮膚を焼くことに専念しているらしい。生まれたての赤ん坊でも水の中で浮く。というより母親の海の中で浮かんでいたのだから、赤ん坊は水の中に入れても浮くのはあたりまえであったのだ。そして、母親の胎内にいたころを忘れてオトナになる。水の中をおよぐのは、胎児にもどるよろこびを奥深く秘めているのだということを知らない。

　不思議なのはおよぐのを一度おぼえたらけっして忘れないということである。子供のころおよげたが五十歳になったらおよぐのを忘れていたというようなことはおこらない。おそらく記憶喪失症になった人でも、もとおよげた人は水に投げ入れられたらおよぐだろう。記憶は喪失することができる。しかし、およぐことを忘れることはできない。するとおぼえるということがらは単純ではなく幾とおりもおぼえかたがあるのであろう。

　自転車に乗るのなども一度おぼえたら忘れないという。自動車は牛馬とおなじ四ツ足のかたちで発明以来進化していないのに反し、自転車はたった二輪をころがすだけで倒れないのだから出来た最初からたいへん進化した段階であった。自転車になら猿も練習次第でのれるが、自動車にはのれない。それだけ自転車は立派なのりものなのだが、自転車にのるのもおよぐのとおなじで忘れないのだそうだ。

これは俗にカラダがおぼえるのだといっている。重力・慣性・摩擦といったような物理を知っていてもそれだけでは自転車にのれない。理論は頭でおぼえるだけだからだ。そして忘れることができる。自転車にのること自体は忘れることができないとすれば、やはりカラダがおぼえるとしかいいようがないだろう。つまり、おぼえかたを大雑把にわけると頭でおぼえるのとカラダでおぼえるのとにわけられるらしい。

ところで、カラダでおぼえたということを知るのが頭なのだから、ややこしいことになる。ほとんど哲学はこの問題をあつかってきたのだろう。いまだに問題にしつづけているのだからおもしろい。もし今までの哲学が意識と存在とのあいだ、つまりアルほうの問題からはじめたとするならば、あらためてナイほうからはじめるわけにはいかないものだろうか。つまり忘れてしまったというほうからで、忘れたということさえ忘れた、負の中へ負がめりこんでゆくかたちで考えられないものだろうか。

話はとぶが、老人になってもうろくがすすむとまず人の名前など固有名詞がうまく出てこなくなる。出てこないだけでなく完全に忘れてしまいやすい。つぎに物の名前、万年筆とか原稿用紙とか、パンとバターとかいう名詞いっぱんが出てこなくなる。私は今ちょうどこの第二段階らしく、「あれがあれしてこまった。あれもってきてくれ」などと、わけのわからぬことを叫んでは家人をこまらせる。この状態が進行すると形容詞が出てきにくくなるのだそうだ。

日本語はもともと形容詞の少ない言葉で、きれいな女性をほめたり、利口でない男性をくさしたりするとき、適当な言葉がなくてこまる。だから、これ以上形容詞が出てこなくなったらどんなことになるだろう。ちょっと心配である。しかし、心配しながら少したのしみでないこともない。忘れるのに徹して、おおいに忘れ哲学をやってみたい気がないわけでもないからである。

もうろくの最後の段階になると、動詞が出てこなくなるという。食う、する、ねる、ゆく、見る、読むなどという言葉を忘れてしまうとは恐ろしい。これらの言葉は忘れたのを忘れたというレベルではなく、忘れるのを忘れたというレベルにある言葉であろう。その言葉をいう行為と、言葉の意味とがつねにかさなっている。言葉が意味（対象）を指示するのではない。

「われ思う、ゆえにわれあり」というデカルトの言葉は、思うことと思うことの自覚が思うことの中で飛躍しながら連続することらしい。「思う」から「われ」は出てこない。言葉でいう以上は、どういってみても似たりよったりである。

おぼえるという言葉はもと思ほゆから転じたもので、ひとりでにそう思える、感じる、あるいは記憶するの意味まで包みこんでいる。私のもうろくが進行して最後の段階になると思うという動詞さえ出てこなくなって、ただウ、ウ、ウなどとうめき声を出すだけになるかもしれない。おぼえがなくなるのだ。すると「思わず、ゆえに……」までで、あとはあるのか無いのかわからない。

カラダは私の宇宙のブラック・ホールかもしれない。ブラック・ホールは光より速い速度で万物をひきよせているから見えないのだそうだ。言葉以上の速さで思考が突入する地点、それがカラダであり、思考の言葉にとってそれはナイというほかない。つまり「忘れ哲学」の到達点でしか、それはない。

動詞まで忘れてしまってウ、ウ、ウとうめくだけになったとき、私のカラダが私の「忘れ哲学」を身を以て完成してくれることになろう。

洒脱な病人

小学校へあがるまえに、私は三度も死にそうになった。ジフテリア、肺炎、赤痢であった。三度とも奇蹟的にたすかったのだと、あとでいわれた。そんな弱虫の私が今まで生きてこられたのは、医師をしていた叔父の適切な処置があったからにちがいない。

専門的な医学の知識は私にはないから、その叔父がどれだけ専門医学においてすぐれていたかはわからない。しかし、私がたすけられたのは医学的な治療と処置とだけではなく、もう少し広いもので、たとえば病人としての心の持ちようを、彼に教えられたことが重要であったと思う。

私の父は、ひどく胃腸が弱く、胃腸病院から指図された食事の処方箋によって三度の食事をとっていた。ところが食いしんぼうで、なかなかそれがまもれない。変なものを食べては腹の調子をわるくして、浣腸をして、腹の上へコンニャクの熱いのをのせて寝ていることがしばしばであった。

叔父は父の病気については、ニヤニヤ笑ってみているだけで何もいわなかった。要するに食いしんぼうだから、それを直さなければ、どんな名医の薬をのんでもだめだという診断であったらしい。

ある日、父が浣腸をしたあとの便器をのぞきこんで、箸でかきまわしながら排泄物をしらべているところへ叔父が来あわせた。彼はその方は見むきもしないで、私にいったものである。

「からだの外へ出てしまったものは、アカの他人だ。どんなものが出たか心配するより、これから口へいれるものを注意すればいいんだ。道ちゃんのオヤジはやっていることが逆だよ」

にやにや笑いながら、これほど痛切な言葉で自分の父親が批判されれば、子供の私も身にしみる。言葉では「心配」と「注意」はちがうとわかる。注意さえしていればいいので、心配は無益なのだ。しかし、これを区別して注意はするが心配はしないということは、なかなかできそうでできない。

父は五十歳で妻に死なれ、浣腸をしたりコンニャクを煮たりして看病する人がいなくなったらとたんに丈夫になった。浣腸して便器をのぞきこんだのが原因で、胃腸がわるかったのではないかと疑ったくらいだ。あるいは女房に看病されたくて病気になっていたのかもしれない。子供たちのつれなさは思わぬ親孝行で、父の長年の持病をなおしたことになった。

あるいは五十歳をすぎてやっと心配と注意とはちがうことがのみこめたのかしれない。

私自身も、叔父の教えが実行できたというわけではなかったが、教えのとおり心配は益がなく、注意だけが大切なのだと痛感したことはあった。肺をわるくして病院へはいって安静にしていたときである。ある日ベッドの枕もとにぶらさげてあった懐中時計をねたまま見ようとして肋骨をひねって痛くした。そのまえに湿性の肋膜炎で牛乳びん四本分も液をくみだした経験があったので、またやられたかなと心配になった。するとと熱が出てきた。

それまではほとんど日暮熱が七度二分くらいまでだったのに、急に八度以上にあがった。医師をよんで、左の肋骨をひねったときにおかしくなったから肋膜炎をおこしたかもしれないと症状をいって診察してもらった。医師は真剣な顔をしてていねいに診察した結果、

「心配するとほんとに肋膜になりますよ。今のところは、どっちともわからない状態です」と言葉をにごした。

そのとき叔父の「注意と心配とはちがう」という教えを思い出した私は、ようし、心配はすまいと決心して、あとは医師にまかせた。すると翌日から熱はさがって、やはり心配が熱発の原因であったらしいことを悟った。以来、私は何か心配になることがおこるたんびに、心配は無用のことだと頭からおいはらう習慣ができて、ひとりでにのんきな病人になることができた。

心配しないためのもっとも重要な心得は忘れることであった。まず自分が病人であることを忘れれば心配はしなくなる。忘れることは健康にとってたいへん大事なことであった。

しかし、病人であることを忘れると、こんどは注意をしなくなる傾向があって、つい本を読みすぎたり、ひとと話をしすぎたりする。そこがむずかしいところであった。考えてみると、これは自分の身体をいかに操縦するかの問題で、俳優の演技術に似ている。

肺が悪いとか胃腸が弱いとかいうのは、せいが高いとか顔が大きいとかいうのと、あまりちがいがない。せいの高さも顔の大きさも、その人のもちまえであって、他人とかえるわけにいかない。私は悪いところだらけの自分のからだを、とりかえのきかない自分のからだとして認めるところから出発しなければならないと決めた。健康体と比較すると私は病人なのである。だが、それが私の普通の状態なのだと思えば、あえて病人を強く意識することもない。

まず条件を条件としてははっきり見さだめること。それを意識にとどめておいて注意をおこたらず行為すること。これが第一のテーゼだった。つぎの段階で病気の肉体がたえうるぎりぎりの線まで行為すること。これが第二のテーゼであった。つまり絶対安全の圏内に自分をとじこめておくと萎縮してからだの自由を失い、ひいては病気に負けることになると考えたのだ。私はつねにほんの少しずつ無理をした。これが一番むずかしいところで無理をしすぎては何度も失敗した。失敗が病状としてあらわれるから無理だとわかったのであって、無理をしているそのときには無理の限界はわからない。だがそこにスリルがあっておもしろいのも事実である。

病気をしない人は、病人のこのようなおもしろさを知らないから、病人は苦痛だけあってつらいものだと思いこんでいるらしい。しかし、人間はそんな弱いものではない。結構したたかなものなのだ。少しの無理が、無理でなければ、それは自然の状態だと見なしてよろしい。そして自然に治癒することが、もっとも望ましいことにちがいない。ところが、自分が病人であることを意識しながら、自然であることはひどくむずかしい。むずかしいけれども、不可能なことではなかった。

結局、自転車にのることをからだがおぼえるように、自分のからだを操縦することをからだにおぼえさせればいいのである。自転車にのりながら物理学を考える必要はない。それと同様なのである。ただ自転車がおんぼろだとそれだけ注意が必要なのであった。

忘れることは、マイナスに考えられやすいが、実は生きるに必要な技術である。からだを操縦するためにはぜひ忘れねばならない。そうしないとからだのオートマチズムが障害をおこす。忘れることが、マイナスに考えられるのは、たまたま忘れたことを意識にのぼせてマイナスと考えるからにほかならない。これ自身忘れる作用の自己調節であって、忘れてならないこともあることを思い出すための装置が働いたのである。能の大成者である世阿弥は『花鏡』でいっている。

「中楽《さるがく》も色々の物まねはつくり物也。これをもつ物は心也。この心をば人に見ゆべからず。もしもし見えば、操りの糸の見えんが如し」

病人の生きる技術が俳優の演技術に似ているというのは、ここのところである。世阿弥は、操りの糸が見えたら、それは態《わざ》になると注意し、そうならぬためには「無心の位にて、我が心をわれにもかくす安心にてせぬひまの前後をつなぐべし」といっている。俳優が俳優であることを忘れて、なおかつ俳優でなければならないように、病人も病人であることを忘れて自由になりながら病人でなければならないのだ。

私は今も自分の病人としての役割を演技している。

ぎごちない演技

以前ロッキード事件の証人喚問をTVの実況放送で見て、たいへん複雑な気持ちになった。証人たちが「忘れました」「記憶にありません」と頑固に否定しつづけるのを見て、はじめはなんとなくおかしかった。私も学生時代に軍事教練の教官に対して「忘れました」といって抵抗したおぼえがあったからだ。忘れたということは、どうしようもないことである。思い出せといわれても思い出せるものではないし、忘れたということに反証をあげるわけにもいかない。訊問にあたった議員先生たちも物証をあげて追及しないかぎり歯がたたないのである。

これほど重大な問題をおかしいという個人的な感情に矮小化してうけとるのはよくないと思いながら、頭のはげた社長さんや、もみあげの長いマネージャーなどと、役者のように気取った議員の先生たちのやりとりが、滑稽に見えてしかたがなかった。

そのうち証人の顔が油と汗にまみれ、げっそりとやせたように見えてきた。「忘れました」「はっきり記憶していません」などと答えながら、彼らはいかにしてボロを出さず、うまく切りぬけることができるかに全神経を集中させているらしい。一つ質問がとんでくると、瞬間的に、そのあとからどんな質問がくるかを考え、あらかじめ用心して、しかもなるべく早く返事をしなければならない。これはひどく神経のつかれる頭脳的仕事にちがいない。

見ている私も疲れてきた。議員の先生たちが質問するたびに、私もそれが一つの伏線であり、答えの矛盾撞着を衝いてくるにちがいないと思って、すばやく推理をはたらかせていたらしい。いつのまにか自分が訊問される立場でゲームでもやるようにスリルを味わっている自分に気がついた。それとともに私が昔警察で訊問されたことがあったのを思い出していた。今考えるとやはり少し滑稽だが、警察での私は、ロッキードの証人のように真剣でこちこちに緊張していた。ゲームでスリルを味わうような余裕はなかった。

それは戦争の末期のことであった。中央公論社に、わずかだが、いたことがあったので、いわゆる横浜事件の参考人として訊問されたのだ。突然特高がやって来て任意出頭のかたちで警察に連行され調べられた。当時私はほとんど寝たきりの病人であったから、何もやっていないし、何をきかれても平気なはずであった。しかし、家宅捜索をしても非合法の本が少なすぎるのはかくしたからにちがいない、といったような論法で攻めてくるので油断もすきもなかった。

すでに起訴されている友人の裏付けをとり、あわよくばもっと拡大して手柄にしようという魂胆であったろう。病人の私に水もお茶も飲ませず昼飯も食わせず七時間ぶっつづけに質問をしてきた。私は長年の病気で療養しているのだから旧友たちと会ったことはないの一点ばりでつっぱった。友人の調書を出して、こういう会をやったときお前もいたじゃないかとひっかけてきたりする。友人に迷惑をおよぼさないためには、そこにいたのは誰か忘れたと逃げる一手であった。そして、年齢のわりに忘れっぽいのは、結核で頭がいかれてしまったからだと合理化した。

じっさい私は肺に二銭銅貨大の空洞があっただけでなく、からだのあちこちが悪くなって、手術をいろいろしていた。特高もこのまま留置しておくと死ぬかもしれないと思ったのであろう、二日でかえした。私はへとへとにつかれて帰宅したが、誰にも迷惑をおよぼさず、まずはよかったとひと安心した。

ロッキードの証人喚問はこっちが問いつめる立場であってはじめて民主主義だといえるのに、悲しいかな私は訊問されるがわの心理になっていたらしい。つねにいられる立場におかれつけているせいなのだ。自分の腑甲斐なさに腹をたて、たいへん複雑な気持ちにさせられた。

たとえば国鉄のスト権ストは法治国として許せないなどとエライ人はいう。しかしストを禁止するのは法治国として許せないと、働く人の方からいうのが、「法治国」のほんとうの意味である。法治国という言葉がつねに反対方向に誤用されてまかり通っているのは、われわれが、いつまでもられる立場にいて、それ自体に気がつかないからである。これもまた最も肝腎な点を忘れているからおこることにちがいない。

それはさておき、もう一度訊問されているときの心理に戻れば、私は両側があぶない崖っぷちを注意しながら自動車を運転しているようなものだと思う。ちょっと気をゆるめると車もろとも崖下に転落する。極度に注意力を集中して危険を避けて通らねばならない。

私は車の運転はできないが、細い路地へはいったり、対向車とすれすれによけたりするたんびに職業的運転手はうまいものだと感心してしまう。きくところによると、自分のからだの寸法を知らなくても、すきまを通りぬけられるかどうかわかるように、車の大きさが自分のからだなみにわかるのだそうである。そうきけば、なるほどと思うが、考えてみると、自分のからだの寸法を知らないのに、このすきまをぬけられるかどうかを即座に判断できること自体が不思議というほかない。

　矢の長さを十二つかというのは手でにぎった幅で十二のことだし、両手をのばした長さをひろという。ひろがり、ひろさはこのひろからきたのだろう。つかはつかむという動詞と関連している。畑仕事などがうまく進捗するのをはかがいくという。このはかも計るという動詞と関連しているが、おそらく歩幅による言葉であろう。つまり、われわれの空間概念は、からだを動かすことによって知る自分と客体との相互関係の変化を基礎として成りたっているのである。そして物理学や数学で考えるような抽象的な空間概念を思考できるのは、自分の肉体的な行動で、棒杭のあいだをぬけたり、有刺鉄線のあいだをくぐったりするのをあやまらないこと、自分が自分の車《ボディ》の運転者だからにほかならない。もし自分の身体を自分と別のものと意識するならば、棒杭のあいだをすいすいと抜けたりすることができるはずがない。

　洒脱な病人であった私は、まるで役者が役に扮して役を忘れるように、病人であることを忘れていたと世阿弥の言葉をひいて、前に書いた。自分が肉体を忘れることで車と一体化し運転がうまくできるとしたら、これもまた演技といっていいのだろう。

　ロッキードの証人は、危険な崖のふちをうまく通りぬけるために大骨を折っていた。しかし本当に知らないのなら、からだがおぼえているところに従って無心に操縦すればそれで、危険はないはずなのだ。知っていて、かくすために、「忘れた」というから、へたな役者の演技として滑稽感をまぬがれないのだ。

子供のとき遊んだ田舎の道が、おとなになって行ってみたら、あまりにもせまいので驚いたことがある。意識しないが、自分のからだの大きさでひろさを計っていたことがわかった。自分の身体の大きさを忘れることによってのみ空間が純粋空間として成りたちながら、実際にはあくまでも身体との相関によって存在しているのだ。自分の身体を忘れられないあいだは役者の演技は自由さをもたず、舞台が制約となる。彼らは国会を舞台としてぎごちない演技をつづけるにちがいない。

忘れた何かが呼んでいる

能の狂言に「寝音曲《ねおんぎょく》」というのがある。かげで太郎冠者《かじゃ》が謡曲をうたっているのを聞いた主が、彼を呼び出してうたわせようとする。太郎冠者はいやがり、酒を飲まないと声が出ぬといってうたうまいとする。主は酒をもって来てどうしても、うたえと強要する。酒をしたたか飲んだあげくこんどは女房の膝を枕に寝てでなければ声が出ぬという。主も少し意地になって女房のかわりに膝を貸すからうたえと無理やり膝枕でうたわせる。うたっているうちに、頭を両手でもちあげるとわざと声が出ぬふりをする。これを何度かくりかえすうち、あべこべになって頭をもちあげるとうたい、ねると声が出ぬことになる。そこで主が「横着者《おうちゃくもの》め」と叱言をいい「おゆるされませ」と追いこみになって終る。

単純だがすっきりしたおもしろい曲である。太郎冠者が主をからかって酒を飲んだあげく主従をさかさまに、主の膝に枕してねることの愉快さがわれわれに伝わってくる。しかも、謡曲をうたえ、うたえませぬというたあいない問題がおこりで、最後は太郎冠者の横着が暴露して終るという天下太平さが、何となくわれわれの心をくつろがせるのである。だが、このおもしろさは、どうもそれだけではないらしい。

肉体が起きたり寝たりのくりかえしに対応して謡曲をうたったりやめたりをくりかえし、そのテンポが速くなると錯覚をおこして逆になってしまうことを、見ているわれわれ自身のからだが復習しつつ錯覚をそれと知るからであるらしい。

太郎冠者が横にならないと声が出ないというのは、もちろんうそである。横着でいっているのだから、あとでうそがばれる。しかし、実際に横に寝ていては謡曲の声は出しにくい。謡曲だけではなく、すべて大声を出すときは胸をはって姿勢をよくしないと出ない。だからこそ「寝音曲」という狂言のテーマもあったわけである。そして、かんじんなのは、そのように操作される身体と精神とがどこかでつながっているのに、それを忘れていても、いちおう事はまにあってゆくということだ。

うちの娘がまだ小さいころ数のかぞえかたをおぼえた。最初は、腰かけブランコに乗って「ヒトーツ、フターツ」と調子をつけてブランコをゆりながら、声に出した。リズムに乗って「ヒトーツ、フターツ」と「トオ」までいくのだが、それは頭の中で数をかぞえるのとちがい、身体の拍子を口にしていたにすぎない。ブランコをおりて数をかぞえさせると「ミッツ、ヨッツ」くらいまではいくが、あとは「ナナツ」になったり「ヤッツ」になったりする。「ちゃんとやってごらん」というと、わざわざブランコに乗りにゆくのであった。

リズム感が数とむすびついて暗記され、つぎに数の序列が観念として記憶される。そのあいだに身体との密着が忘れられてゆくのらしい。記憶することは、つねに半面で忘れることがあるらしいのは、白紙に墨で字を書くようなもので、白紙がなければ字は残らないのに似ている。

最近「白紙に還元して」などという言葉をしばしば紙上に見かける。これは白紙の上に書いた字を全部消して、改めてまた何かを書き直すという意味だが、そのような比喩的いいかたは忘却と記憶との相関性にかかわっていたようだ。

心理学の実験によると、記銘の直後に記憶率の減退が急速で、同じ一時間でも記銘の直後の一時間には相当の忘却があるが、一日後では大した忘却の進行を示さず、六日後ではますます少なく、長い年月を経過してなお残る記憶は、なかなか忘れない状態になるという。これは忘却曲線といってグラフにあらわし得るそうである。つまり記銘直後はまだ身体そのものとの関連で痕跡があり、身体は自分で整理のできにくい混沌であるため、言語のたすけをかりて身から離してゆく部分があるのだと思われる。それが忘却であって、忘却作用によってひきさったあとに整備された記憶が残る。そのために忘れにくくなるのではなかろうか。

ところで、その整備されたかたちで一度おぼえこんでしまうと、あとでそれを訂正しにくくなるのが記憶の弱味である。私にも苦い経験がある。『文藝春秋』に書いた随筆にとんでもないまちがいをやらかしたことがあった。

昭和のはじめだったから相当年月はたっている。本郷座という小屋がまだあって、築地小劇場の連中が「吼えろ支那」という芝居を上演したことがある。後に上海で戦死した友田恭助が苦力の役で出ていて、外国軍の強制で首つりの処刑にあう。アメリカだかイギリスだかの士官がそれをおもしろがってカメラにおさめようとする。友田の奥さんである田村秋子さんが、役でも殺された役の妻で出ていて、そのカメラを向けている外国士官にむかって怒りを投げつける場面があった。子供に「あいつらが父ちゃんを殺したんだよ。よくおぼえておきな」といいながら熱演のあまりカツラが脱げそうになったが、士官が反撃に出る前にすばやく大勢の人の中にとびこみながらそれを直した。ふつうなら、そんなときは客席はざわつくものだが、はりつめた緊張がそのまま持続して、われわれもその外国士官に憎悪の目を向けたのであった。後に上海で友田が戦死したので、そのときの印象がますます鮮明に残ることになった。その日もう一つ私にとって忘れられないことがあった。丸善につとめていた友人がストライキで首になった組合の人たちと一緒に芝居を見に来ていて、おなじ丸善の課長や重役が来ているのと廊下で顔をあわせて変な雰囲気があったことである。丸善のストライキには、要求の中の一項に「われわれを呼ぶときどんをつけないこと」というのがあった。今の人には何のことやらわからないだろう。どんとは商店の小僧さんを呼ぶときつけたものである。そんな時代になぜ課長や重役が場ちがいな「吼えろ支那」などを見に来たかというと、もと丸善につとめていた女優さんの後援会をつくり総見のためだったという。随筆に書いて失敗をしたのは、この女優さんの名前なのである。私は杉村春子さんとばかり記憶していて、そう書いた。

　当時杉村さんはまだほとんど無名であった。丸善の連中が後援しているのは誰だときいたら、友人が杉村春子というんだがまだほんの端役だから注意しないとわからないよ、と教えてくれた。私はそう記憶していたので書いたのだった。

　雑誌が出てからその友人が読んで「あれはまちがっている。杉村さんは丸善にいたことはない。あの人は広島で音楽の先生をしていたのだから、上京して、どこかで働いたことはあったかもしれないが丸善じゃない」と訂正して改めてそのときの女優さんの名前を教えてくれた。

丸善にいた人間、今でもいささか丸善と関係をもっている彼が教えてくれたのだから、まちがいはない。ところが、私はどうしても杉村春子さんであったような気がしてしかたがないのである。そして、せっかく教えてくれた丸善につとめたことのある女優さんの名前を一度はおぼえておきながら、いつのまにかまた忘れているのである。つまり、まちがった記憶であっても、忘却曲線の一度さがってしまった延長上では、なかなか忘却しないし、それが邪魔して訂正がきかないことを自分が身にしみて知ったのであった。忘れっぽいのに頑固なわからずやになるのは、肉体が老化するからにちがいない。やはりからだと記憶とは微妙なつながりかたをしているのだ。

ブランコに乗って身体をゆすりながらおぼえた数が、いつのまにか身体的なものを忘れ無意識化してゆく。その忘れたものを無意識のまま感覚的に再生させるのが詩、なかんずく劇詩というものかもしれない。一度どこかで聞いたことのあるような幽かなものが身体の中で目をさましてくるのだろう。


（付記）　念のため早大の演劇博物館の林京平氏に問い合わせたら、「吼えろ支那」の昭和四年八月三一日から九月四日までの本郷座公演パンフレットをコピーして送ってくれた。丸善にいたことのある女優は滝蓮子さんらしい。但し杉村春子さんも苦力の妻で出ている。

からだの操作ミス

ちかごろ私は額をぶつけることが多くなった。今朝も食事のテーブルにつくとき、上からつりさげてある草花の鉢にこつんとやってしまった。そこに鉢がつるされているのはよく承知しているのだから、おかしい。

はじめて額を物にぶつけた記憶はいつかおぼえていないが、痛い目にあってこんなはずではなかったと思った最初は二十数年まえ、ある映画会社の試写室でのことである。ヨーロッパへ大衆文化の研究で留学していた福田定良さんが帰って来て、はじめて会ったときである。当時私が映画雑誌に連載していた日本人の演技についてのエッセーを、あちらにいて読んでおもしろいという感想を編集部によせてくれたそうで、試写室に編集長が同席していたので紹介されたのだった。

福田さんは、私のようなおっちょこちょいをつかまえて「戸井田先生ですか。どうぞよろしく」と先生よばわりをした。大学の哲学の教授に先生といわれた私は、恐縮を態度であらわすよりしかたがない。試写室のシートに腰かけたまま「福田先生、お名前はかねがね」とか何とかいいながら深ぶかと頭をさげようとしたら前の席の背にゴツンと額をぶつけていた。

けっこうヒトミシリをする福田さんだが、私のこの企図せざる失策にすっかり気をゆるして、その後数年間、一緒に映画を見たり安来節やストリップへいったりして漫談に楽しい思いをさせてくれた。もちろん先生よばわりはしなくなった。もし私が死んだら、坊主のかわりにお経をよんでくれることになっているが、この十四、五年会っていないから忘れてしまったかもしれない。私は額をぶつけたおかげで忘れないでいる。

そのつぎに痛い思いをしたのは、山形県の黒川能が水道橋の能楽堂へ来て公演したときのことである。能が終わって楽屋へいって皆さんに「ごくろうさま」と挨拶した。上座《かみざ》の大夫が近くへ来てていねいにお辞儀をされたので、このときも私は相手より頭をひくくして、感謝をあらわそうとした。あいにく、私は廊下にいたので坐って頭をひくくしたら、敷居にごつんとぶつけてしまった。敷居が廊下より二、三センチ高かったのだが、目測を誤ったらしい。

このようなとき、ひとはよく自分の失策を笑ってまぎらしたり、わざと滑稽にふるまって切りぬける。しかし私はけっしてそんな姑息な手段をとらない。苦行僧が五体投地して肉体をいためつけ魂を浄化するが如く、あらかじめ承知して頭をたたきつけているのだという顔をする。相手はゆるみかかった顔の筋肉を急にひきしめ、自分が失策をやらかしたかのようにどぎまぎする。私の演技力は大体成功をおさめてきた。しかし、ちかごろのようにお辞儀をするのでもないのにぶつけるのでは、全くかっこうが悪い。

先日ある展覧会へいってガラスのケースごしに陳列品を見ていてごつんとやってしまった。ガラスがわれるかと思うほど強くぶつけたので、まわりにいた若い女性がびっくりして笑い声をあげた。若い女性というものは、まことに残酷なものである。私は額の痛さよりも老いの痛さを感じた。

なぜこんなに額をぶつけるのか、と考えてみた。自分のボディの運転をまちがえるからにちがいない。若いとき上体をまっすぐ立てている姿勢でボディを運転することをおぼえた脳のコンピューターが、今でもプログラムどおりに動く。ところが上体が腰のまがりだけ前に出ているから、以前のままだとどうしても額がぶつかる計算になってしまう。一度おぼえこんで、おぼえこんだことを忘れて運転する身体の特性にしたがうと、年をとってからこのようなふつごうがしばしば起こることになる。

ところで、年をとって上体がまえのめりになるのは、四つんばいだった幼児のころに戻るためではないだろうか。還暦とは生まれかわって出直すことだという。比喩にちがいないが年をとると、子供にかえる傾向があるのはいなみがたい。

子供と老人とが似ていながら、もっともちがうところは子供には可能性がまことにゆたかだが、われわれ老人には可能性がほんのわずかしかないということだ。

もし人類がはじまったころを幼児以前に比較することができるとすれば、そこにはたいへん多様な可能性がひそんでいたことになる。その多様な可能性にあいだに取捨選択がなされて人類が成長して来たのであろう。それなら選択されなかった可能性つまり忘れられた記憶があったはずだと思われる。

たとえば、蛇を見ると気味がわるいとか、蜘蛛を見るとこわいとかいうのは、人類の幼年時代に選んだ可能性によって捨てさられた別の可能性とつながっている痕跡なのではないだろうか。私は蛇も蜘蛛もおぞけをふるうほど嫌いではないが、それでも見ていて愉快になることはない。いちばんいやなのは電灯をめがけて飛んでくる蛾である。夏の夜、あれが灯火のまわりでハタハタと飛びかうと私は寒気がして皮膚がざらざらしてくる。なぜかわからないが、それは理由を忘れているからで、神経的には忘れていないということなのであろう。

このような傾向は個人的なものではない。多くの人に共通に見られる現象である。だから種としての人間がおぼえているということといっていいのかもしれない。しかし、個人の意識の中にはないから忘れたということになる。この種の忘れと別に、もうひとつの忘れがわれわれにはある。「のどもと過ぎれば熱さを忘れる」という忘れである。

地震と台風と火事で、われわれは毎度ひどい災害をこうむっている。その災害を受けた人びとが災害を忘れるはずがないのに、客観的には忘れたのと同じ結果を何度でも繰り返している。そして「災害は忘れたころにやって来る」といったような警告も発せられて、常に忘れぬことを求められている。

蛇を恐れたり蛾を嫌ったりするのは、記憶としては忘れているが、内的には忘れていない何かである。これに反し災害は外的だから身体的に記録されず忘れられるということなのだろう。

昔話に「さとりのわっぱ」という一類がある。柳田国男監修の『日本昔話名彙』に約二十編ほどあげてある。その一例をあげれば、

――昔、男があって山の中で炭を焼いていた。深い山の中にたったひとりだから「恐いものが出なければいいが」と思った。するとどこかで「恐いものが出なければ

いいが」という声がして天狗が出て来た。親爺は恐くて恐くて「どうやって逃げようか」と思っていると天狗はまた「どうやって逃げようか」といって親爺の思っていることを皆いいあてる。それで親爺はもうぼんやりしてしまった。そのとき親爺の持っていた牛の鼻づる木が弾けて天狗に火をとばした。天狗は「人間とは思わぬことをするものだ」といって行ってしまった――。

類話の中にはサトリという怪物になっているものもある。彼は人間が思うことなら何でもわかってしまうのである。しゃくにさわって斧で頭をたたきわってやろうかと思うとすぐに跳びのいて「殺そうと思った」と図星をさすのである。ところが、まえの天狗同様に火の中の竹がはぜて火がはねたのを逃げ切れないで「人間とは思わぬことをするものだ」とひきさがることになっている。

たとえてみるとサトリ自身が生物学でいうDNAのメッセージを忠実に解読するかかりで、それによって種の不変性が保障されているようなものである。だが彼はその能力があるから、また偶然なできごとにはじきとばされることになる。ジャック・モノーは「多細胞生物の老化と死は、少なくとも部分的には、翻訳の偶発的な間違いの蓄積ということで説明できる」といっている。私が額をぶつけるのもおろそかにできない意味をもっているのかもしれない。

身中の虫

このところ、一週間に一度ずつ、横浜までこんだ電車で歯科医にかよっている。

私は元来、歯の質はいいほうだった。ところが肺結核でしばしば喀血したたびに絶対安静をつづけねばならず、食事のあとの口掃除もできなかったことが原因で、以前にはなかった虫食いが少しずつできた。

三十歳を過ぎたころは、いつのまにか奥歯がやられていた。戦争になった時点で、将来栄養不足がおこることにそなえて、歯をよくしておかないと結核に負けると思って、東京の医師に総点検して、手入れをしてもらった。おかげで戦後しばらくまで歯科にかからなくてすんだが、その後、年とともに歯ぐきがやせたり、金冠がはずれたりというあんばいで、少しずつ故障がでてきた。今住んでいる療養地で近所の医師にみてもらっていたが、あいにくこの人が亡くなってしまった。新しく未知の医師にかかるのがおっくうで、その後は放置しておいた。

ちかごろは、あっちこっちがわるくなり、臼歯が幾本もぐらぐらで、困った困ったといいながら、それでも、まだ歯科へいかなかった。戦争になったころの用心のよさと見通しのたしかさはもう私には縁のないものと自分できめていた。

歯は直したが、命のほうがもたなかったというのでは何のための歯の手入れかわからないというのが、私の理屈であった。あのいやなガリガリという脳にひびく治療をがまんし、入れ歯で歯ぐきを痛くして、少しまえよりましになったと思うころはもう死んでしまい、遺族が焼き場で灰の中からわずかばかりの金を、「これが歯だったのよ」とひろい出したところで何になろう。私が歯医者にかからなくても誰も迷惑するわけでもない。そう思ってがまんしていた。

ところが、思いのほか命のほうが長もちして、まだもう少しもちそうな気がしてきた。すると変に欲がでて、若いときにやろうと思いながら見すててきたテーマを、これからやってみようかなどと、つい色気が出るのである。たぶんダメだと、自分の限界を承知してはいるものの、それでも万一ということもある。宝クジにあたるくらいの可能性がないわけではない。やれなくてもともとと、変に自分の尻をたたきたくなるのである。

こうなると恩給も年金もない老後の不安など忘れて、もっと長生きして憎まれ者、世にはばかろうと覚悟して、歯医者へゆくこととはなったのである。

時間と体力の経済から一番近くの歯科へいったとたんに臼歯をぞろぞろと抜かれてしまった。手っとり早く十回も通院しないうちに入れ歯をつくってくれて時間の倹約にはなったが、どうも食事がうまくない。気になってしかたがないので、入れ歯をはずしてみたら、そのほうが具合がいい。でも前歯で豆をかむような不自然さがある。

さてどうしたものだろうと、気にしていたら、姪がスキーで知りあった歯医者さんで上手な人がいるから、ぜひみてもらえという。おじさんの本もよく読んで、おもしろいからと同じ本を十冊ずつ買って知りあいにくばってくれてるのよ、と念をおした。

義理と人情とはおもんじるほうの私は、そういう話には弱いのである。私の本を買いあげて、たのまれもしないのに宣伝してくださっているお医者さんなら、かからずばなるまいと勇気を出していくことにした。

このお医者さんが横浜なのである。ちかごろは能も芝居も滅多に見ず、よほどの用がなければ列車に乗らぬ状態だが、一大決心とともに六月を歯の治療月間ときめてかよいはじめた。

なるほど名医なのかもしれない。私の歯をひとめ見て、百人に一人くらいのいい歯だとほめてくれた。そして上の歯と下の歯をかみあわさせてカチカチいう音をきき、それだけで何番めの臼歯が強くあたっているなどという。

近所の医者のつくった義歯を入れていったのだが、それをけずったり足したりして、ようすをみながら直しましょうと、長い時間かけてみてくれた。

おもしろいことに「具合がわるければ昼間はずしておいてもいいですが、寝るときははめておいて下さい」といわれた。歯は食べるために必要だから、昼間はめているべきもので、寝るときはずしてもいいのかと思っていた私は、まさに正反対のことを注意されて驚いてしまった。説明をきくと、なるほどそうなのである。

眠っているあいだも生きているのだから、義歯をはめておくと、それだけ馴れるのだそうである。ふつう痛くなければ、自分のどの歯がわるいとか欠けているとかいうことはわからない。意識していないのである。痛くなってはじめて歯が痛いと、歯の存在を意識する。それとおなじで、眠っているあいだに義歯を無意識化する作用が進行するらしいのである。

これは相当重要な問題をふくんでいるように思われる。

われわれは、働くために休むのか休むために働くのか、とよく問題にする。人生の目的如何の答えしだいで、それはちがってくる。もし価値を視野のそとにおけば、働くためとか休む(楽しむ)ためとかきめる必要はない。昼と夜とが交代するように労働と休養は交代しながら自然な生がくりかえされるだけだ。休養のかわりに睡眠をもってきても、おなじだ。働くために一定の睡眠が必要だというだけである。しかし、本来人間は眠っているのが本当の姿で起きて働いているのが仮りの姿だといえないこともない。働きかたは種々雑多だけれど、眠りかたは人間みなおなじだからである。

赤ん坊のころは特によく眠る。「ねる子は育つ」などと格言だかコトワザだか、よくきく言葉もある。胎内でも眠っていたのかもしれない。生まれてからあとも、その眠りの延長で眠っているのが常態で、醒めているのが特別の状態だとしたら、ちかごろ眠ってばかりいる私は老来、嬰児にかえって常態を獲得しつつあることになる。そのうち永眠して絶対に特別な状態である起きて働く状態にはもどらないはずである。

こう考えるのは、私自身正直いって、語呂あわせの詭弁でないこともないと思っている。考えるということをやっているのが眠っているあいだではないからである。だが、考えるということ自体があまり信用のできないことであることもたしかだし、考えずに済めば、ことによるとまちがいということはないのかもしれない。

こういうレベルで忘れるという問題をとりあげると、ひどく積極的な意味が「忘れる」にはある。

ただし、例の議会証言で「忘れました」などというのも言葉としてはおなじなので、どの「忘れる」もおなじに取扱うわけにはいかない。さしあたって、私がとりあげている「忘れる」は、夜眠っているあいだに身体内部の矛盾が活動して生体を保障しているような無意識についていっているのである。

たとえば、「虫が好かない」などということがある。自分の体内に虫のようなものがいて、それが好かないから、私は誰それ（人間）を好かない、とか、何（食物など）を好かない、とかいう。理屈で考えてもわからない、ただいやだからいやだ、という問題である。

虫が好かないと、虫に責任を負わせているが、当の虫が自分の体内にいるとは思えない。思えないが、たしかに好かないし、それは自分の意志では動かない。これは何かを「忘れて」しまったから自分にもわからないのだが、しかし、身体自身にとっては好かない理由があるから虫が好かないのであろう。そして、これは薬だから服用するとか、栄養だから食べるとか虫の好かないことをやって、ときどき失敗する人間は、毒草を絶対食べない馬のたしかな感覚を忘れただけでなく、その痕跡としての「虫が好かない」までを否定したからかもしれない。われわれ人間は忘れるべきものを選んで忘れることが重要なのだ。それでないと毒草を食べる〝おぼえかた〟をしてしまいそうな危険がある。

縄張り

『宗教を現代に問う』のルポを書くために禅寺の門をたたき、実際に坊主になってしまった佐藤健が、こんどはアフリカのゴリラ研究に随行したと聞いてあきれるやら感心するやらしているうちに、あちらの土俗面を数個ぶらさげて私のうちにあらわれた。能面や狂言面に興味があるなら土俗面にも興味があるだろう、一個進呈するから選べという。それは有難いと眺めているうちどれもこれも欲しくなって、一個だけを選ぶのに手間どった。佐藤君はその気配を察してか二個やるといい、帰りぎわにはもう一個とついに三つもくれてしまった。老人の物欲しそうなようすはいやらしいものだが、たまにはいいこともある。私はもらった面を、今、壁にぶらさげてにやにやしている。

彼がマウンテンゴリラを追跡する話はなかなかおもしろかった。その中の一つに数メートルの近さで相撲の高見山の倍くらいの奴と顔をあわせた話があった。彼は数メートルといったか十数メートルといったかよくおぼえていない。大きさの方も高見山の倍とはいわなかったような気がする。とにかく私は忘れっぽいから彼のおもしろい話を聞いているうちにキングコングのようなイメージがちらついて数字の正確な記憶などあとかたもなく消え、自分の空想ばかりがのさばって、彼の話とはだいぶ違ったものになっているらしい。けれど、これだけはたしかだということが一つある。

ゴリラと顔をあわせたとき写真を撮りたくてできるだけ近よろうとしたら、案内の現地人がこれより前へ出るなと、とめた一線があったというのである。ゴリラは逃げもせず攻撃もせずにじっとこっちを見ている。すると一緒に行った現地人がゴリラの方へてのひらを上にして片手をのばし、ロミオがジュリエットに恋心をうったえるように、めんめんと口説くのだそうである。「友よ、お前とおれは同じ森に住む仲間じゃないか。仲よくしよう。愛している。こよなくお前を愛している」などとやるらしい。ここのところは彼は役者さながら現地人のまねをして土語をつかってセリフをいったから、はたしてこういったのかどうかわからない。私の考えちがいがあったとしても勘弁していただこう。とにかく、ゴリラさんと一定の距離を保って、こちらに害意がないことを音調とジェスチャーで示せば、攻撃されないのだそうである。その一線があるということが私にはひどく興味があった。

ふつう動物が生きるために必要な自然条件の一定の広さを縄張りといっている。その縄張りの中へ敵が侵入することを許さない。ゴリラが一定の距離以上の接近を許さないのもそれに近い。だが縄張りと呼ばれるものともいささか違っているように思える。

たとえば鹿や馬などの弱い動物が、ライオンなどにねらわれたばあい、彼らはライオンが一定の距離に接近するまでは平気で見ていて逃げようとしない。そこまでは絶対安全で逃げおおせることができることを本能的に知っているのだ。人間でいえば、自動車を運転する人にとっての車の幅や長さとおなじで、動物のからだと一体化した空間なのである。車がせまい道ですれちがったり、中をよけてすりぬけたりする車体感覚は、人間自体がせまいところをすりぬける本来持っている感覚の拡大されたものにほかならない。身体をたんなる肉体だけでなく、その外の拡大された範囲の感覚までをふくめていうべきなのは、車を車体《ボディ》ということに無意識にあらわれている。

人間はライオンやサイなどのいる自然公園を自動車に乗って見物する。車体がそのばあいの身体なのである。車を降りてライオンの写真を撮っていたために食い殺された映画が評判になったが、それは彼が拡大された身体感覚を忘れたからにほかならない。

マウンテンゴリラは人間を恐ろしい動物と思っている。だから馬がライオンを警戒するようにそれ以上は近よせない一線があるのだ。その線までの空間、ゴリラの肉体の周辺がつまりゴリラの身体にほかならない。その距離の測定は身体なるがゆえに正確なのである。

縄張りと呼ばれるのは、その身体のもう一つ外のひろがりを持つ空間である。身をまもるための一定の範囲を個体の生命圏といえば、縄張りのほうは生活圏といっていいだろう。グループまたは夫婦の生活のために確保する地域空間である。

縄張りという日本語は地面にシメ縄を張って占有を標示したことからきたのであろう。今は暴力団や博徒の勢力範囲のことをいうらしいが、もとは所有権の判然しない土地を利用するために囲いこんだことからきたのである。動物の生活圏を縄張りと名づけたのは人間の行為になぞらえていったのだが、そもそも人間という言葉が人の肉体以上の空間を意味していたのであって、逆に人間のからだのほうを動物の生命圏から考えねばならなかったのである。つまり、人間はゴリラや馬や鹿がもっている自己の肉体とその周辺を同一化し、自分のからだとしてとらえる感覚を忘れてしまったといえるのである。忘れることの怖さは、毎度いうように忘れたことをさえ忘れることにある。

和辻哲郎は、「人間は人と人との間のことである」といった。イエス・キリストは、「二人あるところに神あり」といった。人間といわれる理由は人が他の動物とおなじように生命圏を自己と一体化して生きてきたからだし、それが人間相互に拡大されて村となり世間となったのだ。村は群れからの転化でグループの生活圏である。世間はその外側にある空間で、群れと群れをふくむ間柄の成り立つ場所である。

一方に国という概念がある。徳川の末までは国のためといえば藩のためのことであった。そのころ日本全体をさす言葉は、まだ天下であった。藩を拡大したかたちで国家が考えられるのは版籍奉還以後である。だが、その国家形成のしかたが藩の拡大化であって破壊でなかったところに社会という概念の身体化ができない歴史をもたらした。世間という実感と社会という概念とが、うまくなじまないことはみんながよく知っている。

動物の個体のもっている環境との一体感を忘れたわれわれが、意識せずに群れとしての一体感を保持しようとして村とか共同体とかいうものに帰一してきた。おくれて近代にはいった日本では、その古さを利用して国家形成をとげたから、国のためということが、家族やグループのためという価値感覚と矛盾するにかかわらずそれの拡大化で代置され、社会のためという観念はなかなか成り立ちにくかった。

選挙区が村的構成の地域と、雑然とした人口流入による都市的構成の地域では、そこがちがってきている。おくればせながら、個人が生命圏としての核家族化した家と、それのたんなる集合としての生活圏をどう合理的に調和させるかという問題に当面してきた。このレベルでは公害と開発、食糧と人口といったような問題で地域はもちろん国家をもこえた視野と感覚が要請されている。ところが、一方ではまだ家から村へ、村から国へと傘的構造の同心円に閉じこめる考えかたが根をはっている。

田中角栄がもし日本全国で信任投票をうけたら落ちるにちがいない。社会的常識でいえばそうである。越山会自身がまず田中の責任を問わねばならぬはずである。ところが彼らには社会的常識がないかわりに村的常識がある。道路をよくし学校を造ってくれた義理を忘れてなるものかという理である。社会的常識による越山会的常識の無知を非難されればそれだけ世間の冷たさと感じるから、逆に角栄を守ろうとする。

社会におけるゲマインシャフトとゲゼルシャフトの両面性を、日本的な世間と社会との二重性と区別しつつ繋げて考えてゆかないと、いつまでも問題のありかたが明晰にならないだろう。

ゴリラを人間以下だと思うのは、人間の思いあがりである。今のわれわれを救うためには彼らが持っており、われわれが忘れてしまったことを身体に回復し、そこから世界を見ることにあるかもしれない。

仮面の内と外

私のもらったアフリカみやげの仮面は二つとも人の顔とかさなるほどの大きさで、口もとがややでっぱっており、目ぶたがはれぼったい。目・鼻・口が彫ってあるうすい木片にすぎない。一つは頭頂からもみあげまで鳥の尾羽が植えられ、一つは植毛がないかわり顔中に縞が彫ってある。縞は鼻梁を中心に左右対称形で、日本古代の遮光器土偶と呼ばれるのと似た、眼鏡型のその部分だけ縞がない。目は横一線に細く穴をあけられている。

鳥の尾羽の植わったほうは、沖縄でアンガマの祭りにかぶる面に似ているような気がする。あごに穴があいているから、ここに毛が植えてあったのかもしれない。とにかくやや細長い顔で、口は下唇を直線に、上を半円形に彫りあけただけという幼稚な技巧である。縞のあるほうは、芋の葉で子供が遊ぶ面に似ている。里芋の葉といっても都市の人は知るまいから説明すると、本人の顔でもかくれるほどの大きさで、蓮の葉に似ている。それを切って葉柄を口にくわえると、葉が顔をかくすことになる。もちろん目だけはあけるのだが、葉脈が走っているから裂けやすい。藤村の作を劇化した『夜明け前』の最後の場を思い出す。気が狂った青山半蔵の滝沢修が、舞台へあらわれるとき頭にかぶっているのがあの大きな葉であった。あれは頭にかぶっているのだから面ではないが、子供はよく面のように顔にあてて遊ぶ。もらった縞のある面は、鼻梁がとおっていて、縞はまるで葉脈のようなのだ。あるいはイレズミかメーキャップを縞目に彫ったのかとも思うが、もしそうなら板の上に色をつけてもよかったはずである。葉の（ヤシとかシュロとかの）細工面がさきにあり、それを木にうつしたのだろうと想像するが、たんなる想像であって、もちろん主張する気はない。

日本にも土偶に面をかぶったものがあるから、縄文晩期にはすでに仮面があったことが確実である。縄文期の土面といわれるものは、はたして仮面として人間がかけたものかどうかはわからない。また植物製のものは発見されていない。考古学的編年、歴史学的年代考定のレベルで、新古をいえば、アフリカからもってきた仮面は新しい。しかし、民俗学的にいえば古いといっていいだろう。能面の古いものは室町時代のものだから、今の子供が里芋の葉で作った面より歴史年代は古いにきまっている。しかし里芋の葉の面が今できあがったとしても未開人の木片の面と似たものである。巧緻な室町時代の能面より民俗学的には古いといえるのである。

能面も、それ以前のいろいろな仮面が洗練され、能芸が形成される過程で、あのようなものに固定してきたのだろう。それなら、能面には古い仮面のもっていた性格（聖とか神秘とか呪禁とかいったような）が残っているのが当然で、能面からそのような性格をさぐることは、古い仮面の性格をさぐりだす手がかりとなる。

なんだか話が循環論のようなかたちになってきた。しかし循環論には空疎な循環論と、そうでないものとがある。私が話している仮面における新古とその性格についての論は、非難されてしかるべき循環論ではない。仮説の地点に獲物をひっさげてもどるということだと思っていただければいい。

能面には一種の神秘性が随伴している。『翁』を上演するときには、かならず翁の面《おもて》をかざって出演者一同神酒をかわしてから舞台に出ることになっている。翁の面を神としてうやまっているのである。世阿弥の伝書にも、観阿弥が座をたてたとき伊賀で見出し奉った面だと観世座の翁面を特に尊重しているし、他座でも始祖が神に祈ったら烏が翁面を壇上におとしたから猿楽者になったなどという伝承があった。

『翁』の上演のときシテ役者も面をかけずに舞台に登場し、正《しょう》サキへ出て拝をし、そのあとで面箱から白式尉《はくしきじょう》を出してつける。面をつけると見物はお能拝見ということになる。つまり面をつけるとただの役者から神になるのである。

「人が見るのでない。面が見るのである」と先代の金剛巌は書いている。面をつけると面が自分の顔になり、面のもつ人格になりきって見るということを意味するようだ。上演にさきだって使用する能面を幾日間か見てくらし、その面の位をとるともいう。面に同一化しようと努力することが役づくりの要諦であったのだ。

いっぽうで肉づきの面という伝承がある。嫁をおどすためにかけた鬼の面（般若か）が姑の顔から離れなくなってしまい、無理にとったら顔の皮ごとはがれてしまった。それ以来その鬼の面には姑の顔の肉が裏側に付着している、ということである。これもまた面とそれをかけた人との同一化の作用を語っている。

いったい仮面はそれをかけた人の外にあるのだろうか、内にあるのだろうか。地の顔を自分のものとすれば仮面は、その上をおおうもの、外からくわわったものである。しかし、むりにはがすと肉が裏がわについてはげるということからいえば仮面は顔面そのものである。顔面だから自分の心のあらわれるところであり、仮面によって自分の心が生きるということになる。外か内かときけば、外でも内でもない地帯、領域がそこにはある。

てっとり早くいってしまえば、さきに縄張りは動物の身体だといったように、仮面は、それをつけた人間の肉体ではないが身体だとはいえる。

運転する人にとって自動車が身体であるような意味で、仮面はそれをつける人の身体である。このばあい顔に包帯でもしているような意識があったら仮面は身体ではない。タクシーの運転手に自動車が身体であっても普通の乗客には身体でありえないようなものである。それにとどまらない。自動車のばあいはその外に人がいなくても身体たりうる。が、仮面のばあいは外側に人がいて視線がそれを支持している。視線が面をかけている人の顔に、面をいっそう押しつけているのである。

ゴリラとにらみあった若い記者とのあいだの緊張のようなものがここにはある。仮面のおもてとうらは、仮面を物として見たときはある。しかし、顔のおもてに面のうらをあてがうと、面のおもてが顔のおもてになり、うらはついに人のうら（心）となる。うらやましいとかうらぶれるなどといううらである。それは仮面を忘れることである。

仮面を仮面として人に押しあてる視線とまなざしもまた相手の仮面を忘れて、そこに人を見なければならない。そのような特殊な空間を成り立たせるのは仮面のつくりだす外でも内でもない領域があるからである。

舞台の広さは観客席とたがいに規制しあってきめられる。そこでは、われを忘れて役者が役を演じ、観客はわれを忘れて見いりながらたがいに反射しあっている。

翁が先祖の神として祭りの庭に出現するのを待ちうけて、人びとが共同に生きるとき、祭りの庭全体がそこに参加した人びとの身体として、一つの精神でありえたのであろう。

ひとりがひとりを自覚できるのは、このような精神の記憶であるらしい。仮面と鏡とは、心と身体とを外化してみせる可能性をあたえつつ、自己を忘れさせることによって内面を成立させたもののように思われる。

〈眼鏡は顔の一部です〉

ほかのところは全部弱いのに、私は目だけはよかった。遠くても近くても物がよく見えた。友人のひとりは、「あんまり目がいいと早く老眼になるぞ」とおどかした。しかし、早く老眼になるとこまるから、少し目が弱くなったほうがいいとはいえない。まア老眼になったらなったときで眼鏡をつかえばいいと、たかをくくっていたら、なかなか老眼鏡をつかうようにならなかった。

いつから老眼鏡をつかうようになったのか忘れてしまったが、とにかく平均よりもおそかった。ところが近年だいぶ老眼がすすむとともに遠くを見るのもあやしくなってきた。

能を見にいって面がよく見えないのはこまる。ひたいのでっぱりであれば泥眼《でいがん》、ほっぺたのふくらみであれば小面《こおもて》などとだいたい見当はつけるものの、目鼻だちをよく見きわめようとするとぼやけてよく見えない。はて乱視にでもなったかとあやぶむもののの、さしあたって日常生活に不自由はないので検眼してもらうのを一日のばしにのばしていた。しかし舞台の能面が見えないのでは、批評めいた文を書くのもおこがましい話だ。昨年やっと検眼してもらい遠くを見るのと読書をするのと二つ眼鏡を作った。これはやむをえない老化現象で誰にもあることだとなぐさめられたが、まことに不自由である。たとえば能楽堂で舞台を見ているときは遠くを見る方をつかっている。ツレがつけている面はいい小面だなとおもい、はてあれは誰だと番組を見ると活字が見えない。活字を見るには、かけている眼鏡をはずして老眼鏡をかけねばならない。さて誰だとわかって、ああしばらく見ないまにあの子がこんなに大きくなったのかなどと、そのまま舞台へ目をうつすと、これまたぼーとかすんでしまう。やれやれ眼鏡をかえなければとポケットを探って、遠方用のをとりだす手間がたいへんである。

遠近両用のものがあるらしくテレビのＣＭで野球の別当薫さんや、女優の津島恵子さんがかけてあらわれる。こんど眼鏡屋へよって遠近両用のをためしてみようかと思いながら、どうもおっくうで、やはり二つの眼鏡をとりかえとりかえしてつかっている。

おなじテレビのＣＭに「眼鏡は顔の一部です」というのもある。これはごもっともといわないわけにはいかない。

眼鏡をかけている女性を、なんとなくいい感じだなと、ひとめぼれして、眼鏡をとったところを見たら変におもがわりしてなじめなかったことがある。そのくせ知りあいになった人を、あとで、あの人眼鏡かけていたっけかと思い出してもよくわからないということもある。眼鏡はまさに顔の一部なのである。

野末陳平さんが参議院議員になるまえは黒眼鏡をかけていた。黒眼鏡をはずしてふつうの眼鏡をかけたら、愛嬌のある正直そうな目だった。もっと早くかけかえたら、尻で当選でなくもっと得票できたろうともっぱらの評判だったが、私も同感である。黒眼鏡は目が見えないので、うすきみわるい。あの人眼鏡かけていたかしらと思い浮かべてみて、わからないのはふつうの眼鏡をかけている人にかぎる。黒眼鏡や強度の眼鏡のばあいには、まずないことだ。それだけ顔の一部であるとしても印象が強調されるのであろう。むしろ黒眼鏡は一種の仮面である。

博多俄《はかたにわか》でかぶる面は紙製で、眼鏡のように顔の上部三分の一くらいをかくすだけだが、あれをかけると、結構その人が誰かわからなくなる。西洋でも『快傑ゾロ』だとか『鉄の爪』の笑いの面だとか、私の少年時代に見た映画の記憶によると目のところだけ穴をあけた博多俄式の面であった。

近頃テレビの刑事物ドラマに出てくるヤクザがよく黒眼鏡をかけているのは、彼らが快傑ゾロなみに仮面をかけて活躍するという意味なのであろうか。おもしろいのは、ほんとに凄味をきかせようとする場面になると彼らはその黒眼鏡をとって素顔をあらわす。それならなんで眼鏡なんぞかけるのかとおかしくなるのだが、あれは一種の約束なのであろう。

つまり仮面をかけていなければならぬばあいと仮面をとったばあいとの二重性をブラウン管が見せているのであって、いかに荒唐無稽なストーリイであっても、そういう二重性はわれわれわれの集団的無意識を見せてくれる点ではリアリティがある。まえに、アフリカ土産の仮面のことから、マウンテンゴリラの縄張りのことを書いたが、黒い眼鏡も縄張りに目を光らせる必要があるためのものかもしれない。黒いガラスをとおして世界を見るためではなく、ひとから仮面《ペルソナ》をかけていると見られるためである。つまりは役割を演じなければならない必要からの黒眼鏡であろう。

演技と関連していえば縄張りは舞台である。ひとが見るから舞台は成立する。つまり外から見る人がささえているから黒眼鏡が役をするのである。ここには遠心的方向と求心的方向とが同時にはたらいている。国も同様である。

もし隣国があって、双方が国として対立することがなかったら国という自覚もおこらないにちがいない。大野晋さんの『岩波古語辞典』だと国は垣根を意味するくねからきたのではないそうだが、わたしの感じではくねと国はどこかでつながっていそうに思われてならない。くねが外を意識させるから占め(島)が成り立つので、外がなければ縄張りの必要もないわけである。ヤクザが縄張りをシマというのも古い意識と無縁ではない。

『万葉集』などに、国見という言葉が出てくる。天皇が高いところへのぼって自分のおさめている国を見る一種の儀式だったらしい。いくら高いところへあがっても、そんなに遠いところまでは見えるわけではない。見える範囲が統治の対象だというなら、やまと全体の君主であるはずはない。しかし、それでも日本の君主としての儀式でありえたのは、国見が舞台的演技と同様にひとつの模型で、現に見えている範囲が、外へ向って国境までひろがると思っていたのだ。その儀式をささえていたのは天皇を仰ぎ見る視線であって天皇が遠心的に見ているとき求心的に働いたのだ。演技者と助演者とその両者を見る観客があって、国見も成立したものとすれば、天皇も仮面をかぶって高御座《たかみくら》にのぼったのだということになる。つまり天皇という仮面だ。

私は、ちかごろ老眼鏡をよくおき忘れる。おき忘れるだけでなく、自分でかけているのを忘れて、ハテどこへやったかと眼鏡を探していることもある。あとのばあいは眼鏡が（テレビのコマーシャルではないが）顔の一部になったことを意味しているのであろうか。

誰もゴーゴリの小説のように鼻をおき忘れたといって探しあるく人はいない。しかし鼻があることは、つまったり、鼻水が出たり、なぐられたりのとき以外は忘れている。人の顔を見て「きみ鼻がなくなってる」といっても信用はしないだろうが、あることをたしかめるためには手でさわってみるしかない。

手で自分の鼻をさわったとき、鼻が手を感じたのか、手が鼻を感じたのかよくわからない。〝鐘が鳴るのかシュモクが鳴るか鐘とシュモクのあいが鳴る〟ってなもんで、鼻と手とのであいに存在があるのだが、それはいってみれば内と内のであいである。たしかめるためには自分の手で鼻をひねってみねばならない。それと似ていて眼鏡も仮面もはずさないと、それが身体化していることがわからない。

ところで国や縄張りと一体化した人間には、内と外とがあいまいに感じられるために、眼鏡をかけていながらその眼鏡を探すというおかしなことがおこる。

自分が色眼鏡をかけているのを忘れて、相手に色眼鏡で見ないで下さいなどともいう。身体的なるものの底に沈んでいる集団的無意識をプラスにつかうのもマイナスにするのも、忘れかたと関連していることはたしかであろう。

顔とそこに表れるもの

人の顔は誰かしら他人の顔に似ている。猫の顔が猫に似ているようなもので当然な話だが、その中で特にAの顔がBに似ており、Cの顔はDに似ているということがある。顔かたちというから、顔の輪廓や鼻の高さ目の大きさなどかたちが似ていると、AはBに似ているという結果になるのだと思っていた。しかし、どうもいちがいにそういえないものらしい。年をとって、夜、本を読んだり原稿を書いたりするとつかれるので近頃はよくテレビを見るが、それで発見したことである。出演俳優の名をおぼえられず、おぼえてもよく忘れる。それを話題にするときやむをえず、似た俳優をひきあいに出して「ほらAに似ているあれ、何といったかなア」などと口にする。ところが、家族によってそれぞれ似ていると思っている人物がちがうのである。

私がAとBとが似ているというと、全然似ていないと反論される。そして、私にいわせれば全然似ていないAとCが似ていると主張する。つまり見る人によって似ているとする何かがちがうらしいのである。

それについて思い出したことがある。二十年以上もまえのことになるが、大学で哲学を教えていた福田さんと懇意になって、よくいっしょに映画を見にいった。先生はあまり人の顔をおぼえないたちだったらしい。うちへ私の病気見舞に来てくれたとき、初対面の私の妹に「おひさしぶりです」と挨拶した。よくきいてみたら、私の知人の女流歌人と間違えていたのだった。そのつぎにその歌人に会ったとき、こんどは私の妹と間違えて挨拶したので、私の方がめんくらってしまった。

当時、毎月映画の雑誌に雑文を書かされていたので、ついそのことを書いてしまったら、試写室で会ったある漫画家が、「ぼくはもう福田さんにおじぎするのよそう。誰と思われてるかわからない」といって笑った。

そういう私が大失策をやらかしたことがある。アモーレ・アモーレの歌で有名になった映画を見て批評を書いたとき、クラウディア・カルディナーレともう一人の何とかいう女優を同一人と勘ちがいして、反キリスト教的な悪と篤信との同居した性格がおもしろいといったような意味のことを書いてしまった。編集部からあれはちがう二人だと指摘されて、びっくりしたが〆切はすぎているし、映画を見なおすわけにもいかず、しかたなしに原稿はそのままにして、つぎのような意味の文をつけたした。「私ももうろくしたもんだとつくづく思った。あれは別人であるよし注意されて、やっと気がつくとは、なんたることか。まさに批評家失格である。しかし、あれが別人だとすれば、あまりおもしろいとはいいかねる」

ぬけぬけとよくもまアずうずうしくいったものと自分であきれたが、切りぬける便法はそれ以外になかった。しかし、そのことがあって以後、映画の批評はたのまれても、なるべく辞退することにした。

当時すでにもうろくしたと自覚したのだから、今はもうろくも数段すすんでいるはずである。だがよくしたものでずうずうしさのほうもすすんでちゃんとバランスをとっているから年とはふしぎなものである。

自分のもうろくの話はさておき、福田さんがひとの顔をおぼえぬのは、顔かたちの特徴をおぼえないからにちがいない。絵を見るとき、われわれは色やかたちを見るし、何が表現されているかをわかろうとする。しかし絵のかかれている紙がどんな紙かどんなカンバスかは気にとめない。それとおなじで、肉体の一部としての顔よりも、顔にあらわれる表情とその変化のもつ意味とに注意を集中することのほうが私は多いらしい。福田さんも多分そうなのだろう。だから表情のあらわれかたと変化のありかたの特徴はわかっても、地の顔はおぼえないのである。

私がテレビに出てくる男女を見てAがBに似ているというとき、顔かたちの相似よりも表情のあらわれかたの共通性に重点をおいていたらしいのに気がついた。家のものたちが私とちがう見かたをしているのは、たとえば目がふたえだとか、鼻がユダヤ型だとかいうかたちの共通性に重点をおいているからであった。

昔からおかめ型とはんにゃ型、まるぽちゃ型とおもなが型というふうに顔かたちを類型化して考えることはあった。能や神楽につかう仮面はそういう見かたにもとづくもので、顔をタイプにわけたものといえるだろう。だが無表情な顔を見て能面のようというから、いっぱんに能面は無表情な顔の見本と思われているのであろう。鬼や神ではなく人間の男女をあらわす能面のあいまいな顔を中間表情といっているが、あまりいい気持ちのものではない。見つめていると変にうすきみわるい。それを顔にかけて表情を出すのは、演者がからだ全体の型で生かすためである。ほんのわずかうつむけただけで憂いをふくんだりする。見ているほうが想像でおぎなっているのであり、その想像をひきだされるところに観客のよろこびもある。

面《おもて》は人格をあらわすものといわれているが、それは鼻の高さや目の大きさについていっているのではなく、その顔にあらわれる内的なものについて、それの表現としてとらえているのであろう。私は能を見ているとき能面を見ているのではなく、そこにあらわれる生きた感情を見ているらしい。能が終ってしまってから、今の面は孫次郎だったろうか増女《ぞうおんな》だったろうか、それとも若女《わかおんな》だったかしらなどと考えることがある。

能面が人びとの顔の類型にもとづいているように、われわれが人の顔を見るときもいちおうパターン化して接しているのであろう。おなじパターンのなかにはいるかはいらないかで似ていると似ていないとの別が感じられ、つぎに表情のあらわれかたのちがいで、それが決定づけられるのだと思われる。だが、表情のあらわれかたでその人の内的なものをわかるのは、見るほうの経験と直感とが大きく作用する。

たとえば昔の男性は喜怒哀楽を顔にあらわさないことをよしとした。そのために、はなはだ無表情に見えた。しかし、それは努力してそうしたのだから、白痴的無表情とはちがっていた。むしろ悲しいときに悲しそうな顔をしないので、その人の深い悲しみがわかるといったような構造があり、したがって男らしい無表情はかえって微妙繊細な表情であったともいえるのである。この微妙繊細な無表情は経験と直感が乏しいとわからない性質のものである。これを別の言葉でいえば、顔かたちは生得のものだが、表情のあらわれかたは社会的な訓練であって、無意識ではあっても記号的意味をになっているから、記号を読めないものには人物がわからないということになる。

ところで風貌という言葉がある。顔かたちだけでなく、その人のもっている雰囲気のようなものをひっくるめていう。「ひとのふり見てわがふり直せ」などというふりに相当する風《ふう》で風俗の風でもある。流行する風邪のカゼでもある。とかく風というのは、はっきりつかまえにくいものに適用される概念である。

人の顔にあらわれる表情も、社会的な訓練と学習によって身についたものとして一種の風なのである。ひとりひとりの肉体を越えたところに成り立つものである。しかし、ありかたとしてはひとりひとりの肉体の上にしかあらわれようがない。だから、つかまえにくいのであって風《ふう》というほかないのである。

風俗には流行があって、感冒の流行と対比され、極端なばあい病的現象とさえいわれる。これにくらべれば顔面にあらわれる風《ふう》は、意識されないから変化の速度が緩慢でほとんどわからない。区別されるのは、民族とか国家とかいう大きな区域や、地区とか会社とか政党とかクラブとかいう小さい集団のレベルで相互に認めあうものである。われわれはその集団（社会）にくみこまれているから風《ふう》の担い手として、われわれを越えるものを各自が顔面にあらわしながら、そのことを完全に忘れている。

身のたけにあった言葉で

今年の冬は幾年ぶりかでA型H1の風邪が流行している。ソ連からだんだんにこっちへうつって来たのだそうで、ウィールスという極微小なものが、どうしてそんなに遠距離を移動できるのか不思議に思われる。風邪にかかった人が移動するからにちがいないが、それならソ連から直接日本へ飛行機でとんで中間をぬいてもよさそうに思える。ところが、テレビで説明する医師の指示するところを地図上で辿ると、まるで人が地上をてくてく歩いてくるように伝わっている。実際はとびこしているのかもしれないが、人間が移動するかたちを追って、うつっているようにみえる。

とにかく、医学的にウィールスによっておこる現象とされているインフルエンザが、われわれの言葉ではカゼ（風）であるのが、まことにおもしろい。

うつる（伝染）のは移るであって、昔もひとりの病人から別の人に病気の種が移動するから伝染すると考えていたにちがいない。しかしかんじんの病気の種が何だかよくわからずつかまえどころがないから漠然と風といっていたのだ。ウィールスというものが見つかって、それが伝染の正体とわかっても、まだ感冒の病理がわかったのではないようだ。つまりカゼというのは、われわれにとって、いつまでもつかまえどころのない病気である。むしろつかまえられないからカゼといって漠然とつかまえているのではないだろうか。それなら病理学的に不明な点があっても、つかまえかたとしてはカゼというのは正確だといえる。

われわれは科学の発達によって微細な存在をまで知るようになり、従来漠然とした名称によって粗雑につかまえていたものを、より精密に知るようになった。だからといって、事実を正確に知っているとはかならずしもいえないのである。

内田義彦さんは中谷宇吉郎の言葉をひいて「正確さということ」をつぎのように書いておられる（『学問への散策』）。

子供に地球はどんなかたちかと質問するとゴムマリのようにまるいと答える。ところが、おとなに質問すると南北の直径が赤道内面の直径より短いのを知っているため球形ではなく夏蜜柑のように少しひらたいと答える。どっちが真に近いかといえば、子供の答えなのである。直径六センチの円をコンパスで描き、これを地球の縮尺したものと仮定すると、地球の表面にある山や海の凸凹も、赤道と南北の直径の差も、全部円をかいた線の幅のなかにはいってしまう。つまりたんじゅんにゴムマリのようにまるいというほうが正確なのである。事実の間違いではなく、事実の受取りかたの間違いで、本来正確な事実であるものが完全に正しくない像を形成する危険があることに注意せねばならない。

以上のように内田さんはいって「われわれが今、生存をかけて問われているのは、直接には諸学問の対象をではなくて、日本にあるいは地球に生起しつつある事象をいかに学問的に正確に把握しうるか、である。それに成功しなければ破滅を免れることはできない」と警告している。きくべき意見である。

たとえば「原子力発電に反対する人たちの意見をきくと無知による恐怖が多い」と、われわれをバカにする説をしばしばきかされる。なるほど、放射能がもれたといって大騒ぎした原子力船「むつ」の問題にしても、医療機械のレントゲン線の幾分の一とかの少量の放射能だったという。だからといって騒ぐのはバカだという結論をかんたんに出されてはたまらないのである。極微量の放射能がもれても大丈夫という知識がまちがっていないとしても、国家のためには命をコーモーの軽きに比して悔いない生命軽視の風土の中では、かんたんに安全というのは正しくはない。精密に知っているとかえって人間レベルのことを忘れがちになるのだ。学問的対象について精密に知っていても、それをどう生活レベルで消化するかは別の問題であり、そのことについて正確でないと、なまじっかな知識はかえって危険なのである。

忘れるということは、人間にとって必要なことである。忘れるとこまることがあるので忘れることのマイナスばかりが意識にのぼり、忘れることによって可能なプラスの側面が忘れられ無視されるかたむきがあった。それが、また複雑な作用をすることにもなる。つまり放射能の測定のレベルでは、生命を軽視する日本人の歴史的強制力は忘れられている。忘れなければ科学的測定はできない。けれど、それを忘れっぱなしにしておいて科学的に安全だといわれてはこまるのである。レベルのちがう問題にそのまま拡大すると科学的な知識がかえって非科学的なものになってしまうおそれがある。

ウィールスの存在が判明しても、われわれはカゼという漠然とした言葉をつかう。それを非科学的と笑うのはまちがいである。感冒をカゼと名づけて療養することが適当な対処のしかたであった。ウィールスの存在がつきとめられ、名前をA型H1とかホンコン型とかいうだけでも何も変りはしない。ウィールスをウィールスといっただけでは知らないのとおなじだ。ウィールスによって免疫が可能になってはじめて対処のしかたが進歩したといえる。ところがウィールスという言葉をおぼえたから正確な知識をわがものとしたと思いこむ人が多い。

われわれの言葉は顕微鏡も望遠鏡もない時代からあり、充分それでまにあってきた。ちょうどわれわれの感官と肉体の大きさにつりあうかたちで言葉がつかわれ、ひじょうに長いあいだそれによって思考が訓練されてきた。たんにまにあったのではなく、それによって文明が進展したのはたしかである。ところが言葉があまりにも身につきすぎてしまっているため、言葉の成り立ちとつかわれかたについてつい忘れてしまうのだ。原子とか遺伝子とかウィールスとかいろいろの極微なものの存在が、高度な技術をともなって特別な人たちにはわかることになった。そうなっても、やはりわれわれは昔ながらの日本語をつかっている。

そこにいささか滑稽な錯誤も介在する。たとえばウィールスによって流行すると知っている人が感冒にかからぬためにマスクをする。ガーゼの布目はウィールスの大きさと比較すると、おそらく列車のトンネルを蟻がぬけるのよりもっとひどい差があるのではないだろうか。つまりウィールスの存在を知っても、人間にとって正確な知りかたをしていないのだ。それは言葉が人間の身のたけに適合してできていたことによっておこされた錯誤である。

　ここには忘れるという思考上の大事な慣性が、忘れかたをまちがえるとわざわいに転ずるという例が見てとれる。ふつうは忘れ、無意識化してしまうことによって有効につかわれているのに、そのことをほんとに忘れて視野のそとにおとしてしまうと、思わぬ錯誤におちいることになる。感冒をカゼというとき吹く風を忘れていないと（意味内容からはずしていないと）病気としてのカゼをつかまえられない。しかし吹く風とおなじ言葉からきたカゼであることを完全に忘れ無視してしまうとカゼの流行という現象をつかまえることもできない。つまり人間の身のたけにあった言葉というのは多義的に使用され、それによって正確さを保持しようとするものである。

　ウィールスとか原子力とか遺伝子とかいう言葉は多義的に使用するわけにいかない。科学的であろうとするほど規定を厳密にせねばならないから意味を多義的につかうわけにいかないのである。したがってこのような言葉は日常生活からは、えてして、はじきだされてしまう。地・水・火・風・空とか木・火・土・金・水とかいう大ざっぱな要素に存在をわけて考えていたままでは、われわれの感官はまだ言葉と正常に対応してはたらいていた。地球が丸いのを納得することさえ、たいへんなことだった。丸いと思わなくても別に人びとの生活はさしつかえなかったのを思い出すべきだろう。忘れるということもまた複雑で多岐にわたる現象であることを忘れてはなるまい。

牡蠣とカキと oyster

牡蠣のうまい季節になった。今夜ひさしぶりでうまいフライを食べ、貝つきの生牡蠣にレモンをしぼりこんで食いたいなと思った。と同時に、生牡蠣はあぶないのではないかと海の汚染が気になった。

少しばかりまえは、海や川の汚染など夢にも考えなかった。ただ牡蠣は食べる時期によってあたるとかいわれた。うろおぼえだが、なんでも英語の月の名でｒのある時期はだいじょうぶで、それ以外はだめだというのだった。

私は口の中でつぶやいてみた。十月がオクトーバー、十一月がノーベンバー、十二月がディセンバー。ｒはあるな、と確認しながら、正月は、と、そこでぴたり出てこなくなってしまった。二月にとんでフェブラリー、三月がマーチ、四月がエープリルといってみて、正月に戻るとやはり出てこない。これは実に変な感じである。

あかない戸（ドアーではなく、ひきちがえの戸）を無理にこじあけようとすると、ますますかたく閉まって、テコでもあかないという感じである。その戸さえあけば、なかから正月を意味する英語がぴょこんととびだしてくるはずだが、あせればあせるほど戸はかたくしまっていく。

正月という英語なぞ忘れるはずがないのだが、どうして出てこないのだろう。正月小僧という一種の妖怪が、こっちの呼び出しにへそを曲げて、出てやるもんかとすねているみたいだ。妖怪は中からしっかり戸をおさえて金輪際出ない気でいるらしい。それなら気をそらして、ほかのことを考えながら、不意に戸をあけると、あっけなく出てくるかもしれない。私はちかごろよくこの手をつかってど忘れしたことを思い出す。やはりこの手がよかろうと、こんどは古い日本語では、と方向転換をこころみた。

むつき、きさらぎ、やよひ、うつき、さつき、みなつき、ふみつき。ここでちょっとつまずいた。水無月と文月と逆だったかな。六月は梅雨どきだから水無月というのはおかしい。それに暑い七月が文月というのも変だ。と考えながら陰暦だからと気がついて、それならこれでいいのかなと落ちついた。

八月ははつき、九月はながつき、十月がかんなつき、十一月がしもつき、十二月がしはす。どうやらこの方はいえた。では英語ではともう一度正月に挑戦してみたが、正月小僧はやはり戸をしっかりおさえていて、正体をあらわさない。

私はついに降参して辞書をひいた。January が目にとびこんできて、あっ、こんちくしょうと舌うちをした。

健忘症がますますひどくなっている証拠をみせつけられたようで、がっくりきた。私はもとから外国語は不得手であった。小学校へあがるまえから象はエレファント、犬はドッグ、烏はクローなどとおやじに教えられ、それがいやでたまらなかった。中学で英語をならうときになって、おやじの教育が裏目に出て、はじめから拒否反応をおこし、ついに大学では国文科をえらんでしまった。だから英語を知らないことは、われながらあきれるほどだが、それにしても中学のリーダーに出てくる程度の単語はおぼえているつもりでいた。こともあろうに一月を忘れるとは、なんということであろう。ど忘れにちがいないと思いかえしても、いや思いかえせばなおさら、これはひどいと身にしみた。

腹いせに、漢字とかなと外国語（単語）をつかいこなさねばならぬわれわれ日本人の苦労は特殊なものではないかと考えてみた。たとえば、私は水無月と文月のところで順序が逆ではないかとひっかかった。なぜひっかかったかを内省してみると、原因はどうも文月という字とその訓とにあるらしい。ふみと訓むのはぶんの音韻変化である。水無月のほうは水が無い月という意味内容をおぼえることで記憶の秩序にくみこめるが、文月のほうは抽象的で内容がわからないからおぼえにくい。卯月がちょうど文月と似たかたちだが、このほうは卯の花の咲く月と視覚形象から記憶にくみこめる。卯月と文月とは、言葉の内容を意味させるしかたがちがうのである。もし文月《ふみ》が踏《ふ》み月で、稲田へ雑草を踏みこむ月だといったようなことなら、ふみが視覚形象から卯月同様におぼえやすいが、文月であるかぎりは、やはり漢字の音としてのぶんをおぼえておかねばならないから、むずかしい。裏からそれを証明しているのが師走《しはす》である。年の末は教師もいそがしくて走るから師走だといわれる。小学生のころそう教えられて、教えてくれたひげをはやした先生も走るのかと、少しおかしかったが、そのおかげで忘れることはない。師走という言葉を耳にすると先生（ひげをはやした）が走る姿と十二月とを結びつけて思い出す。ところが折口信夫の説によれば、師走《しはす》は為果《しはつ》であって農の仕事をなしおえることだという。しはつという抽象的ないいかたではイメージになりにくい。ふみつきがおぼえにくいようにしはつもおぼえにくいはずである。だが、師走と解釈するというより言葉のしゃれで記憶にくみ入れやすくなる。

　幼年のころおやじに烏は黒いからクロー、犬は水をどくどくのむからドッグと教えられたのもおなじやりかたであった。

外国語に堪能な人たちは語源にまでさかのぼって諸国語を関連させつつおぼえてしまうらしい。森鷗外もそうするとおぼえやすいといっていた。われわれの祖先はシナから日本へはいってきた字の音と、それを訓《よ》みこなしてきた努力のなかで、語源にさかのぼっておぼえることが有効であるのを知り、はなはだ非科学的な民間語源説を多用してきた。おびただしいシャレや地口の流行も、ひとつはそのような言語修得上の慣習にあったのかもしれない。が、烏が黒いことと英語のクローは関係ないから、そんなおぼえかたをすると英語修得は阻害されるのも当然だ。

ところで漢字のほうは表意文字だからわりあい形象的にもおぼえやすく、音と訓の対応が比較的やさしい。これが英語となると表音文字の集合だから、もっぱら聴覚的にしかはいらない。漢字で長く視覚訓練をされてきたわれわれは、なかなか習熟できないのも当然であろう。いっぱんに日本人は外国語がへただといわれている。記憶の型が聴覚型にくらべて視覚型が圧倒的に多いことによると思われる。

人間の脳髄は目からくるものと、耳からくるものを処理する部分に別があり、その両者を結合する箇所に故障がおこると失語症におちいるとのことである。篠田浩一郎氏はつぎのように書いている。「ソシュールによれば、音声言語では記号表現《シニフィアン》＝聴覚映像が、記号内容《シニフィエ》＝概念を呼び寄せるわけだが、文字言語の場合には、その前に視覚映像が存在することになる。漢字は読めて仮名は読めないという精神障害はこの視覚映像と聴覚映像とが連合せず、ために仮名という表音文字は読めず、一方漢字のもつ象形性が直接ある程度の意味を伝達する。仮名は読めて漢字は読めないほうの障害は、語音は把握できるがその記号内容は把握できず、漢字の視覚映像は聴覚映像を喚起するだけで、そこで停止してしまう。整理すれば、前者では記号表現が、後者では記号内容が成立しないのである」(『形象と文明』)。

正月、一月、しょうがつ、いちがつ、睦月、むつき、このうえJanuaryと目で見る文字とそれを聴覚映像に換えたものとを別々におぼえて、ときに応じてそれを結合処理するのだからむずかしいわけだ。私の失語症はただ血のめぐりがわるくなった老人性のものにちがいないが、社会そのものも老化すると一種の失語症をおこすのではないだろうか。しかし、それはかならずしもマイナスのものではなく、何かをまもるための自衛的な処置かもしれない。記号が氾濫している現在だから特にそう思われるのである。

おいしい仔犬

お医者さんはカルテにむかって何をどんなふうに書くのであろうか。既往症や病状や治療法・投薬など、自分のメモのためだけでなく、医学的知識のある人が見たら誰にでもわかる記述をしているにちがいない。さもないと、幾年間保存しなければいけない、などという法律できめられたことが、無意味になってしまう。必要のない子宮摘出の手術をやって不当な利益をあげていたという病院の存在が伝えられた。その手術が医学的にまちがっていたかいなかったかをきめるのは、フィルムやカルテなのだろう。もしカルテを第三者が見ても何のことやらわからない記号であったら、判断をするための資料にはならない。

しかし、きめられた定則どおりのカルテだったら、書いている当の医師にとってはたいした役にたたないものかもしれない。

肛門病の名医がいて、手術をうけた患者が数年ぶりでまたぐあいがわるくなったので、診察をしてもらった。おひさしぶりですと挨拶をした顔を見ても、知っているのか知っていないのかわからなかった名医さんは、どれ見ましょうか、といって患者の肛門を見たとたんに「いやアしばらくでした」と挨拶をしなおされた。という話はただの笑い話であったのかどうかを知らない。だが、実際にあった話としたところでおかしくはない。おそらく臨床医学というのはそうした側面をもっていると思われる。つまりかの名医は過去のカルテを見ただけでは、今の患者を具体的に思いうかべることができなかったのだ。

言葉や絵や写真や記号がどれほど精密になっても、網の目から洩ってしまうものがある。言葉などの記号がうまく洩ってしまったものをすくいあげるかたちで記憶をよみがえらせればいいのだが、なかなかうまくいかない。

特に思いつきという種類の思考についてはカルテがとりにくい。

私は「思いつき」について興味をもっている。ふと思いついたことをひろいあげて思いつくままに書く。そして、そのことを自分でたのしんでいる。

こういう思いつきは、多くひとの書いたものを読んでいるとき、ぱっと思いつくのである。ひとの文章から帰納されたり演繹されたりして思いつくのではないが、何か触発されて出てくるのではあるらしい。それは、論理的関連や因果関係などのように、言葉でたどれるものではない。だから「思いつき」というのである。それだけまた、ただの思いつきにすぎない、などと軽くあしらわれてしまう。

軽くあしらわれがちだが、演繹や帰納で出てくるものでないだけに「思いつき」はかえって重要だといえないこともない。演繹や帰納は医者のカルテのようなもので、一般的ではあるが、個人の何かが洩ってしまう宿命をもっている。「思いつき」は文脈から離れているから思いつきなのであって、洩ってしまうものかららの働きかけと受けとれる。

そして困ったことに、文脈から離れているから記憶の体系に組み入れにくく、したがって「思いつき」はすぐ忘れられてしまう。

私は、ひとの著わした本を読みながら、ほかのことを考えはじめることがある。目は活字をひろっているが頭は別のことを考えて、どんどん思考が脱線してしまっていることがある。しばらくして気がついて、どこらへんで脱線したかとあと戻りして、また読みかえしてみる。そのうち、いつのまにかまた脱線して別のことを考えはじめる。こんなとき実は自分にとって大事な「思いつき」があるのだ。これは忘れてはならぬと、チョッとありあわせの紙にメモしておく。

しかし、あとでそのメモを見ても何のために書いたのだったかわからなくなってしまうことがしばしばである。

先日は、書きそこないの原稿用紙の裏に、「おいしい犬、幽玄」と書いてあるメモを、むずかしい哲学の本のあいだに見つけた。さて何のことだったろうと、いくら考えてもわからなくて、やはり「思いつき」は忘れるものと思い知った。思い知ったものの、こんどはそれが気になってしかたがない。なんであったかと、ことごとにひっかかって、心の安らぎを妨害してくる。ほとほと弱ってしまった。

ところがよくしたもので、何の脈絡もなく、ふと思い出すこともある。何の脈絡もなくというのはいいすぎで、脈絡はあるのだが論理的に思考のあとをたどれないというべきかもしれない。とにかく苺にミルクをかけて砂糖を加え、それをスプーンでつぶして口のところまで持ってきたとたんに思い出した。ストロベリィの新鮮なにおいが思い出させたのだが、論理はもちろん心理的にもつながらない。

昔、私の家に小さな犬を飼っていたことがある。友人が三つくらいの男の子をつれて遊びに来た。その子が小さな犬をダッコしてひどくかわいがった。「この犬おいちいネ」と彼は言った。かわいいという言葉をまだ知らなかったのかもしれない。そのまわりの場の雰囲気や情況からいって「おいしい」というのはまことに適切であった。

にいたおとなども皆笑ったが、これ以上にうまい表現は不可能とさえ思えた。

笑ったのは「かわいい」というべき情緒を味覚でいった錯誤に対してであった。しかしおとなだってつねにそのような間違ったいいかたはしている。たとえば「にがみばしったいい男」とか「少し甘い女」などいくらでもある。但しこれは常用されているあいだに味覚の応用とは認められなくなった。やはり適切な言表として容認されたのであろう。つまり視・味・嗅・聴・触などの感覚器とそれに対応する言葉とをつなぐ回線がまちがった方が適切だというばあいもありうるわけである。

それが可能なのはいわゆる五感がひとりの身体に統一されているからで、五感の各々が別に感じられると同時に、いっしょに働いているからにちがいない。わかる(了解)というのは分かるだから、感覚器が受容したのを分類して統一的に秩序づけることだった。その分かれるべきものが混乱をおこして「この犬オイチイ」などというのは、たしかにまちがいである。しかし、まちがえることによって分類以前の混沌にさかのぼることにはならないであろうか。混沌をつかまえるためには言語の明晰以前にさかのぼる必要があり、それがあるから身体の自発性が共感覚を刺戟する作用をするのではないだろうか。

白妙の袖のわかれに露おちて
身にしむ色の秋風ぞふく

定家の歌である。『新古今』の恋の部にはいっている。「袖のわかれ」は一夜ねて朝の別れをさしている。露は涙であろう。白妙とあるに対するに「身にしむ色」だから涙の色はおそらく紅涙などという言葉を暗示していよう。ただそういわないところが歌のかなめである。色がしみるのは染めることにともなったわかりかたであった。それが、「身にしみる」ことに変化してきたこと自身が、感覚的な共鳴と錯誤とを証明している。

やはり思いつきは忘れやすい。けれど思いつきには創造的な何かがある。それを忘れてはこまるのである。

こぶとり爺さん

毎日暑い日が続く。海の風のよくはいる部屋にねそべっていると、それほどでもないので、私は夏には動かずにいる。しかし、今年は一週に一回湘南電車に乗って横浜の歯医者さんまで通っている。考えただけで、うんざりしてしまい、家を出るのに相当の決意が必要である。六月を治療月間にしてなんとかかたづけるつもりでいたが、一週に一回ずつではとてもだめで、このぶんでは八月いっぱいかかるだろう。とかくねそべっていると怠惰になって、考えることさえ面倒くさくなり、したがって老いこむ速度が速くなるおそれがある。おっくうな気持ちを払いのけて、暑くてこんでいる電車に乗り、通勤者の苦労をわかることもわるくはない。職場へ向う若い人たちと肩をならべて、つり皮につかまっていると、なんとなく勤勉な精神がよみがえってきて、私にもまだネバリが残っているぞと、何か内から湧いてくるから不思議である。

歯は目下のところ臼歯の義歯をうまく歯齦《しぎん》に定着させ、かんでも痛くないように調節する作業をやっている。はじめは睡眠中に入れ歯をはめて馴れるのがいいとのことで、それからはじめた。なるほど、やっているうちに抵抗を感じなくなって、入れ歯をしている変な感じがなくなってきた。そのうち自分のほんとの歯か入れ歯か区別がつかなくなるだろう。しかし、何かを食べると、まだいくぶん歯ぐきが痛かゆいような感じが残っていて、このあと仮り歯をもとにして本式のものをつくると、もう一度似たような経過を辿らねばならぬらしい。

はじめて入れ歯で嚙んだときぐあいがわるかったのは肉とパンであった。歯が接触して柔軟な感じだが、上下の嚙みあわせをつよくするにしたがって反撥力というかとらえどころのない抵抗がくわわり、それだけ歯ぐきが義歯に圧迫されて不自然な痛さを感じた。存外たべいいのが、せんべいのような固くてもろいものである。これはかんたんに嚙みくだいてしまう。歯ぐきにも負担がない。しかし、これも不自然でないこともない。

肉とパンのときの不自然さと、せんべいのときの不自然さとは、おなじ不自然さでも多少のちがいがある。肉とパンのときは、義歯と歯齦のあいだの違和だが、せんべいのばあいは、そのくだけかたのちがいのように感じる。本当の歯（骨質）と義歯の金属的な固さのちがいで、せんべいの割れかた粉砕されかたがちがうのではないだろうか。

自分の歯のばあいは、肉もパンもせんべいもたいしたちがいなしに食べていた。もちろん歯ざわりはちがうし、こわい肉などはいくらかんでも咀嚼《そしやく》できないこともあるが、歯と歯ぐきのあいだの違和感はなかった。してみると、義歯でせんべいを食べる感じのちがいも金属的な固さを感じるのは歯齦であろう。自分の歯と歯齦には微妙なクッションがあって、咀嚼するとき食物の固さややわらかさによってオートマチックに調和させているのであろう。

このような感覚は、義歯でも入れぬかぎり反省してみる機会もないが、存外重大なものかもしれない。というのは、知識の吸収などについても咀嚼に関する言葉をつかうからである。たとえば「あれは聞きかじりだ」とか「よく嚙みくだいていえば」とかいう。食事によって栄養をとり、身体と生命とを維持するのと対応して、知識も胃袋から吸収するかのように「呑みこんで」いる。呑みこむまえにおちついてよく嚙めば呑みこみもいいし、こなれもいいというわけだ。

嚙まないと、知識を「まるのみ」してしまうことになり、消化もわるく、血や肉になりにくい。つまり身につかないのである。「まるのみ」でないが「なまかじり」などということもある。これも「なまいき」になるばかりで消化不良をおこしやすい。
近年はとんと見かけなくなったが、昔はお婆さんなどが乳をのんでる孫にせんべいを噛みくだいて口うつしに食べさせたりするのを目にすることが多かった。母乳だけでは栄養が足りなくなる段階で、そのような食べさせかたを親代々やってきたのかもしれない。見ていても何となく気持ちがわるく、お婆さんの口中にバイキンでもいたら乳児にうつるのではないかと心配だった。離乳期の食糧も豊富になって、そんなことをする必要がなく、お婆さん自身もやりたがらなくなって、今は見かけなくなってしまったが、あるいは嬰児から幼児になっていく一時期の人間形成になんらかの役割をもっていたのかもしれない。

乳児期には手につかむものは何でも一度口へもってゆく。口で知ることが乳児のものに対する対しかたであった。幼児になり学童になりして、ものを対象的に知りながら自他の未分から知識の客観化へすすんでゆく。

「プディングの存在は食べてみるに限る」という有名な言葉があって、F・エンゲルスも唯物論的認識を説くとき引用したりしている。彼もまだ食べるという行為が知識をどうこなすかについては知らず、無意識にその言葉をひいたのであったようだ。ことによるとマルクスやエンゲルスは歯が丈夫で入れ歯の厄介にはならなかったのかもしれない。

義歯は、それが人工の入れ歯でなく、その人のほんとうの歯のように、何も感じないで用をたせるようになることが理想であろう。そのときには入れ歯であることを完全に忘れてしまうはずである。忘れるということは自在の証明である。

入れ歯であることを忘れた状態の入れ歯はもう自分の身体の一部であって、一部であることを忘れられるほど身体化している。ではじっさいに身体の一部であるこぶや鼻と身体化した入れ歯とどうちがうのであろう。

こぶとり爺さんの昔話で知られているように、身体の一部こぶを質にとられてさっぱりした爺さんと、それをひっつけられて他人の一部を自分の一部とせねばならなかった爺さんとがいるわけで、こぶはどっちの爺さんの一部なのであろうか。ゴーゴリの『鼻』にいたっては、あたかも人間自身でもあるかのようにふるまって、それをかつて自分の一部としてもっていた人間を完全に無視してしまう。不思議な存在である。

私も、食事のあと、義歯をはずして清掃作業をしながら、この変な奴がやけに存在を主張していやがると、憎らしく、ブラシでごしごしとやらかしたり、そのうち自分の分身としていとおしくなるのかしらと甘ったるい気分になったりしている。まして義肢とか義手とか相当大きなものをつかっている人たちは、さぞたいへんだろうと想像する。想像しながら、身体的自分というのが、なんだかひどくたよりなく思われる。義肢も義手もというぐあいに人工の部分を拡大していくと、いったい自分は身体の外にいるのか内にいるのかわからなくなる。心臓の移植までされた人があったが、その当人は別の人間になったわけではない。そして移植された心臓を動かそうとして動かしているわけでもない。

忘れるというのは、いろいろあるが、入れ歯であることを忘れるというのは、身体が異物を対象化するのをしなくなるということだ。それは身体そのものを忘れている状態で、思い出そうとしなくても痛ければ、忘れてはいられないから義歯を思い出す。逆にいえば思い出さないほうがいい状態なのだから安心して忘れていられる。ふつうそれを「忘れる」という言葉でいいたがらない。忘れたらぐあいが悪いと予想されることがらで、忘れても身体的には痛くもかゆくもないことを忘れたばあいに「忘れる」という。「忘れる」は一筋縄ではいかないのである。

今、私は、あやうくこの文の結語を忘れるところであった。私の歯医者さんはこぶとり爺さんのこぶをとった鬼そのものではないかということである。無意識化を促しながら無意識に抵抗する異物を外部にはじき出して人びとはそれを形象化したがるものらしい。

表現を妨害するいたずらもの

ちかごろ忘れることがますます上手になった。だから忘れることを適当にいなしたり、てなずけたりしている。

今日は忘れについて何を書くことにしていたのかな、と考えてみる。すぐには思いうかんでこない。書くことは、たしかにあった。あるいは、あったと感じた。ところが、いざ書こうとしてみると、すらすらと出てこない。心の中に暗い穴蔵のようなものがあって、そこにうごめいているのだが、どうも勢いよくとび出してこない。

ひとと話していても、ざらにこういうことがある。エート、あれだ、エート、ほら……などと、いろいろあいの手を入れて、敵を出やすくしてやるのだが、なかなか出てくれない。

こういう状態でも、われわれは「言うことを忘れた」という。忘れたのではなくて、うまくつかまえて言葉をひっぱり出す仕方を忘れたのであろう。もともと、ひっぱり出されるべき暗闇の対象は形をなしていないのである。

狂言では大名に返答をせまられて太郎冠者は、しばしば、

「ものと」

「何と」

「ものと」

と、返事につまっている。今ならエート、とかアーとかいうところである。エーとかウーとかいうのは、ほんとのあいの手であるからその音自体には意味がない。しかし「ものと」のモノは、意味がある。物語のモノ、物の怪のモノであろう。『万葉集』には鬼の字をモノとよんだのがある。「心も身さへ縁西鬼尾《よりにしものを》」などと戯れ書きのもあるくらいだ。

物質とか唯物論とかいう物の字のつかいかたが多くなったので物《もの》の中身が変化してしまったが、古く日本語でモノといえば、鬼のようにわけのわからぬ対象であってマテリアルなものではなかった。

だから、太郎冠者が「ものと……」とつまって、返事ができずにいるとき感じているのは、のどまで出かかっている言葉を出にくくしている妨害者なのである。しかし

憎むべき相手というのではなく、少したてつけのわるくなった障子のようなもので、うまく手なずければさらりとあくのである。

われわれは、言葉を選択し、心の間からひき出して形をあらわにするとき、いつも、このいたずらっぽい妨害者に出あわなければならない。もし妨害者とであわないで、すらすらといきすぎると、言葉そのものが軽くなって自分にとってどうでもいいようなものになってしまう。

こういう妨害者を「もの」と感じていたのだから太郎冠者の表現をバカにしてはならない。われわれが物をいうとき、うまくいえるかいえないかは、かかってこの妨害者の手だすけによるものである。妨害されすぎては何も出てこないし、妨害されないと言葉がうわすべりする。なんともいたずらっぽい「もの」である。

この妨害者としてのモノは、私の身体の外にいるのだろうか、内にいるのだろうか、そこらへんが、なんとも心もとない。妨害者として表現主体のまえに立ちあらわれるときは、たしかに外にいて妨害している感じである。しかし、ある瞬間にさっと身をひいて的確な言葉をとびださせてくれる作用もしているらしい。そのときは表現主体の内の一機関であるようにも感じる。

たとえば天来の声をきくようなものである。聞く人には聞こえるが、他の人には聞こえない。だから内心に発するものを天からの（外からの）声と受けとっているのだ。だが、全部が内なる声にはならない。元来声は外に出てはじめて声なのだから。

ここには、きわめてアイマイな領域がある。

右の手で左の腕をつかんでみる。たしかに右の手の内に左の腕の感触がある。だが左の腕に感触の受けとりかたを移してみると、腕が右の手につかまれている。その両者に感触主体を移動させることができるのだ。ということは、どちらが内、どちらが外ということとはちがう次元のことではないだろうか。それは脳の働きだといってみてもおなじである。脳をマテリアルにあつかって生理機能をしらべるだけなら、つねに外でしかないからだ。

言葉は生理機能以外のものをもっている。つまりアイマイさの領域をアイマイに表現する。生理機能のアイマイさは実はアイマイでないものをアイマイにしか告知しないことのアイマイさだが、言葉はアイマイさをアイマイに表現することで正確たりうる。

というより、正確ということ自体が言葉の領域では、他の領域（たとえば数学）とちがっているのである。それは、おそらく言葉による概念化という点にあるのだろう。そして概念化を抽象化とひとしい方向にあるものとすれば、逆につねに具体的なものにしがみついていることで、ひとつの機能をはたそうとする。たとえば音声、音調、音律。そこに概念的な意味でない意味を伝達する基礎を置く。だが、それはいったい何なのだろう。やはり、それがモノなのではないだろうか。物語はただの語りではない。物狂いという言葉もある。

語りは意味を伝えるだけではなく、まきこむことである。少しおおげさにいえば呪術的な効果が計算されている。加担・騙りの語源は語りにおなじ。語りによって加担する、もしくは騙られるという情動的な部分を無視できない。それのもっとも集中的なものが夫婦のかたらいであろう。

イザナキノミコトとイザナミノミコトが、自分たちのからだをかえりみて、成りあまれるところと、成り残れるところを合併してミトノマグハイをしたという神話は興味がふかい。プラトン式にいえば半身ずつが合わさって完全になったのかもしれない。エクスタシーはどこからくるのだろう。相手からか、それとも自分からか。

さきほど右手で左腕をつかむ感触の移動を書いたが、エクスタシー感触の移動はないのだろうか。

私は結核のため一生をほとんど病床にすごしてしまった人間で性的経験はまことに貧弱である。そのせいかもしれないが、七十歳をこしてだんだん助平になってきたように思う。ちかごろ観念的にものとエロスのことがしばしば気にかかる。

「二人あるところに神あり」という言葉を卑俗に解したら基督者に叱られそうだが、相手と自分とわけるところに自分のからだ（肉体）があり、同一化するところに身体があるとして考えることもできるのではないだろうか。

肉体はより多くマテリアルな対象で、身体はより多くモノ的存在だと思われてならない。

木造建築で柱を組みたてるときホゾをはめるという。凸と凹をはめこむわけで、形象的に了解している。このばあい肝要なのはあまりキッチリしすぎていると地震などに弱い。ほんのわずかなゆとりが一種の調節作用をすることによって、かえって強靭になるという。これを大工用語で遊びという。からだの周辺に遊びをまとい、しかもそれを気づかせぬところに身体があるのではないだろうか。

身体はおのれを忘れているところにあるらしい。

3

熱湯好き

お料理の辻嘉一さんがテレビで説明しているところを見ていると、いろいろおもしろいことがある。味つけをするために砂糖や塩を入れるとき何グラムなどといわない。ほかの人たちは、ほとんど茶サジ幾杯とか、何グラムとか数量をいうけれど、辻さんは量を数であらわすのをきらう。味加減は数量ではなく舌がきめるのだと信じているらしい。各自が個性のある味加減を体得することをすすめているのだと、私は解釈している。

これを別の言葉でいえば「好《い》い加減」に味つけするということだ。塩だけ考えても昔風に塩田でとれるものもあれば新しい化学処理で工場生産されるものもある。おのずからその成分もちがい味もちがうのである。それをひとしなみに数量化してあつかっていては、ほんとにおいしい料理はできないのであろう。

ほど良い加減、好い加減とは、けっして悪いことをいったのではない。ところが、ときどき私は「いいかげんでこまる」と非難される。自分で考えても、まことにいいかげんなところがある。民俗学的に説明するとか解釈しているとかいわれるが、私自身からそんなことをいったおぼえはない。民俗学というのはもっぱらフィールド・ワークをやって、それに基礎をおいて学問構築をやるものである。

残念ながら私は病人でフィールド・ワークができなかった。だからすこぶるいいかげんなことを思いつきで書いているに過ぎない。民俗学的などといわれると恥ずかしくて穴があったらはいりたいくらいである。したがって、自分からそのようなことをいった覚えはなく、そのけじめだけは決していいかげんにしていないのである。いいかげんなことを書くと自覚していることについては、いいかげんでないのである。

辻嘉一さんの料理の味つけでいう「好い加減」はプラスの価値としていっている。私の「いいかげん」はマイナスの価値である。しゃべるときには「いい」のアクセントをちがえているから、どちらかわかるが、文字で書いたのではわからない。

きちんとしない意味の「いいかげん」も、もとは「良い加減」から来たのであろう。そこらへんがいいかげんの「いいかげん」たるところである。

「良い加減」は何も味つけだけのことではない。たとえば湯加減などにもいう。茶道のほうのことはさておいて、入浴の湯加減について、「良い加減」とはつねに聞く言葉である。これも医学的には摂氏何度といえるのだろうが、人びとの好みによってちがう。江戸っ子の朝風呂は熱いのが良い加減で、ぬる湯好きにはとてもはいれなかった。つまり「良い加減」というのは人によってまちまちなのだ。いいかげんにならざるをえなかったわけである。

してみると、いいかげんというのは必ずしもマイナスではなく、プラスの役目をするのではないだろうか。

たとえば朝風呂の熱いのにとてもはいれない人がたまたまやってきたというばあいに、ぬる湯でもかまわないという人が熱湯好きとぬる湯好きのあいだをかげんして、つまりいいかげんな人が「良い加減」にするということもあるのである。実は最近これに似た経験をして、それに思いあたった。

居住地域で少しは文化的な仕事をやろうではないかと誘われて参加したゆるやかな組織のうちで起こったことである。一人のひじょうに有能な学者がいると考えてもらいたい。この人が何をやっても、自分の責任をきちんとやりとげ、運営の相談会のときも、実にきちんとした意見をいい、提案をする。いうことにもすることにも難をいうスキが皆無である。いちいちごもっともと頭をさげるしか対応のしかたがない。

ところが、事務を担当した人がいろいろと多忙で、みんなの協力がうまく運ばない事が出てきた。それをまた学者の先生は理路整然と教示し、どうするかを具体的に提案する。反対する理由はどこにもないから反対はできない。しかし、理路整然と、きちんとした意見はちょうど熱い風呂のようなものである。はいってから動くと皮膚がちりちりするから、じっとしていなければならない。したがって少しぬるくして誰にもはいれて動きやすくする役目の人がいたほうが、組織としては生き生きしてくるのではないかと思われた。いいかげんさ自身はマイナスだが、きちんとした厳格さと結合するとプラスの役目をすることにもなるのであった。いってみれば機械油のようなもので、人と人とのあいだのきしみを無くし組織を円滑にすることもあるのだった。

ナアナアでうまくやるということは、もちろん理性的ではない。当然それは排除されねばならない。ナアナアでない、「いいかげん主義」とはどんなものだろう。おそらくきちんとした論理と結合したもので、厳格な抽象的論理の行き過ぎを規制するものであるはずだ。

ハードウェアーに対してソフトウェアーという言葉がひんぱんにつかわれている。科学的にその意味するところを知らないが、比喩的に理解して、私は自分のいう「いいかげん主義」をソフトウェアーに擬してみてはどうかと思っている。いつかコンピュータはデータを忘れないから人間よりバカだと書いたが、それはデータに関するかぎり正確できちんとした答えを出すからである。データは忘れられたほうが、求められている答えによく答えうるというものを含んでいるばあいがある。また記憶と忘却との中間のものがあったほうが正確だというものもあるだろう。

コンピュータを頭脳とだけくらべて考えるのはおかしいのではないだろうか。くらべるということ自身がひどく原初的なことなのだ。頭脳も身体の一部として頭脳なのだから、どうせくらべるのなら身体とくらべたほうがいい。あるいは身体的なる頭脳とくらべるといったほうが適当なのだろうか。

身体的とは、ぬる湯好きとか辛いもの好きとかいう感覚的なことと離しては考えられない。つまりそれ自体が「いいかげん」としかいいようのないことに属している。コンピュータはデータを忘れないからバカだといったが、それだけではない。「いいかげん」なものに対する処理のしかたを知らないからバカでもあるわけである。

いいかげんな事柄に対して、きちんと割り切れるような定規をあてはめても役をしない。役をするのはいいかげんという定規プラス・アルファでなければならない。そのアルファをレベルのちがう正確さで割り切ろうとするのが今までの科学であった。それは人間を除外したかたちで、対象をつかまえるという仮定に立っていた。だが主観に対するから対象だと考えるかぎり、対象自体を純客観として成り立たせようとすることと自体に無理があるのだ。というよりも、科学自体が成り立つためにもその周辺に、元来いいかげんな領域を前提していたのだというべきなのだろう。

ところが、科学の内部に細分化・専門化がおこり、各個科学が精密になればなるほどいいかげん領域が無視され忘れられてきた。いいかげん自体を正確にいいかげんとして認識のなかにとりこむ努力がなされなかったわけではない（たとえば誤差の問題）。しかし、いいかげんを基底とした新しい考えかたが新しい人文科学として成り立たないと、科学はゆきづまってしまうかもしれない。熱い湯が煮えたぎって熱湯好きをゆで殺してしまうまえに、水をさしていいかげんにしなければならないだろう。忘れたいいかげんを思い出さねばならない。

丈夫すぎるのもよくない

お医者さんは、自分が丈夫でないとやれない職業である。医者の不養生とはよくいったもので、私の親戚の医者たちはほとんどみんな不養生である。それでも病気にならないところをみると、よほど丈夫にできているのであろう。丈夫であるにこしたことはないが、病人になった経験がないと、理屈はわかっても微妙なことがわからない。そこのところが患者からいうと心細い。丈夫すぎるのもよくないのである。

たとえば、私は昭和九年二十五歳以後、三十歳前後までさかんに喀血した。止血剤の注射を約六種類つかったが、そのなかでどれがきくかは注射したとたんに咳のてごたえですぐわかった。きかない注射を幾本もうたれるより、きくのを一本やって早く喀血をとめるほうが、患者にとってはありがたい。ところが、製薬会社の宣伝は参考にするが、かんじんの注射される患者の言葉はあまり注意しなかった。もっとも喀血しているのは私であって、お医者さんではなかったから、それもやむをえなかったのであろうか。

私に一番適切な処置をして、生きながらえさせてくれたのは一介の田舎医者にすぎなかった叔父である。彼は自分も若いころ肺をわずらって杏雲堂へ入院していたことがあった。その経験がものをいっていたのだ。医者は病人がなったほうがいいような気がする。丈夫すぎるのはよくない。

さて、その病気を経験する話だが、私は脳症状を二度もおこしたことがある。これは誰にもあることではないから、いささか貴重な経験である。その二回が記憶と関連していえばまるでちがうのが、いかにも不思議だ。

一回めは小学六年生の夏休みにはいったその日の朝、頭が痛くて目をさまし、午後にはもう四十度をこす発熱、急性肺炎で、一週間死線をさまよった。最高四十二度まであがったそうで、当然脳みそは正常な働きをする状態ではなかった。夜も昼もわからず、ときどきウワゴトをいったらしい。

枕もとにぶくぶく泡をたてる硝子壜《ガラスびん》があって、鼻と口とのまえに変なものがちらちらした。酸素吸入であった。電話の送話器と思いこんで、モシモシぼくが地獄へゆくまえにバナナを食べさせてください、などとウワゴトをいった。電話をかけている気になっていた本人は、もう苦痛もなく息も絶え絶えだったから何ともなかったが、まわりで看病していた父や母は、いよいよこの子も死ぬことを覚悟したのかと、おろおろしたらしい。回復期になってから、おぼえていないだろうと、そのことを幾度かいわれた。しかし、高熱におかされて錯誤をおこしたり意識がもうろうとなったりしていたにかかわらず、バナナを食べたいと電話したことはたしかにおぼえていた。

二度めに脳がおかしくなったのは昭和九年の秋である。前の年の夏、勤めていた雑誌社から帰宅した夜半、床についてうとうととしたら急に喀血した。これは比較的軽症だったので、一年休養したら元気になった。また働きに出られると二人の医師が許可してくれたのに、こんどは腸チフスにかかってしまった。はじめは肺結核の再発とばかり思っていたが、血便が出てはじめてわかった。発熱のためすでにひどい喀血をしていたし、上と下とから、医師も信じられないくらい頻繁に出血した。熱と衰弱で頭がもうろうとして、たえず変な夢をみた。それを弟妹に、今、水の江滝子がやって来たよ、などと話すものだから、弟妹はもう頭もいかれてしまったと早合点して、伝染病院へ収容する通知を見せて、私に読めるかどうかをためしたほどだった。ちゃんと読んでみせたら、ではまだ大丈夫なのかなどといっている。そこまでは記憶しているのだが、入院して以後幾日間かのことがさっぱり記憶にない。

入院してから幾日かたった朝、明るくなるころに霧が晴れるように自分の頭もはっきりして来て、やれやれまた死線を突破したのかと、それがよくわかった。小学六年生の脳症状を切りぬけて熱がさがりはじめたときのあの感じと全くおなじだったからだ。それでいて、たまたまたずねて来た見知らぬ看護婦さんがひどく親しげに私の容態をきいたりするので、彼女が病室を出ていったあとで付添いの看護婦さんにきいたら、あんなに世話になったのにおぼえていないのですかとあきれた顔をした。夜中にベッドから降りて窓から出ようとしているのをおさえられたこともあるそうで、二階の窓を病室の出入口か何かとまちがえていたらしい。とにかく何をいわれても完全に空白であることを発見して、じつに気味がわるかった。

そこで結論だが、熱で頭をやられても、肺炎と腸チフスではやられる部分がちがうのではないだろうか。正常でないことは両者おなじだが、いっぽうは幻想であっても自分にとっては現実にあったこととしておぼえているに反して、いっぽうは完全にあとかたもなくおぼえていない。

肺炎と腸チフスでは脳症状のおこしかたがちがうだろうというのは、所詮しろうとのシャレのようなもので、丈夫なお医者さんに信じてもらわなくてもいい。今さら経験を強調してこだわるのは、私もおもしろくない。

考えてもらいたいのは、歴史家も丈夫すぎると逆効果になるのではないかという問題なのである。丈夫な歴史家は、つまり博覧強記と言葉（論理）を得意とする歴史家である。これによると人間の忘れた部分が、完全に視野のそとにおいだされてしまうことになりそうである。

脳症状をおこしたときに、実は死んでしまったので、今生きている自分は別の人間であるかもしれないなどと私は考えることさえある。けれど、やはり一人の同じ人間だと思いかえすのは、自分の過去を記憶しているからだけではない。記憶が断絶し、何もわからない時期があったとしても身体そのものが何かをおぼえていて、生体としての連続性を保証してくれるからである。人は、一日のうち四時間から八時間は眠っている。その眠りが深いと、そのあいだのことは何もおぼえていない。だが目がさめたとき別の人間になったとは思わない。歴史も似たようなものであろう。

病気にならない医者があまり信用できないように、眠っているあいだも歴史が進行しているのを無視する歴史家はやはり信用できないといっていいのではあるまいか。自転車乗りや水泳のように自分は忘れたつもりでも身体がおぼえているといったような歴史現象がいくらもある。それを考えずに記録（記憶）にばかりたよるのは、まことにおかしい。

身体をもし個体に限定しなければ歴史社会の身体は家とか党とかいうものとしても存在する。これらの身体が、個体的身体における自転車乗りや水泳のように無意識に、共通的な記憶をもっていることがあるはずだ。われわれは忘れてしまったと思いこんでいるが、それは言葉による記憶の領域のことで、実は無意識のうちに共通的身体がおぼえているから、共通な何かがありうるのであろう。

たとえばなぜ円墳は丸く、石棺は四角なのだろう。卓も舞台も四角で方位が東西南北、四神や青朱白黒とが対応するのはなぜだろう。そして、あの人はまるく、この人は四角四面だなどという。これらは考えてわかることではない。忘却のかなたに消え失せてしまった歴史が、なおわれわれの無意識のワクとして残って作用しているからにちがいない。この無意識の共通性を無視して、偶然的に残った意識的な記録（記憶）だけを史料とした歴史学がどれだけ歴史の対症療法に有効かは、疑わしい。まして社会歴史的な身体もときどき脳症状をおこして共同幻想にふりまわされたりしがちなものである。

存在からの哲学や歴史だけでなく、忘却からの哲学や歴史が必要なのかもしれないとつくづく思う。

〈ひとの噂も七十五日〉

「許すことはできるが、忘れることはできない」

日本の天皇が敗戦後しばらくたって英国を訪問したときの女王の挨拶である。きびしい顔で、まるできめつけるようにいわれたそうだ。天皇がそれに対してどのような反応を示されたかを知りたいと思ったが、報道ではふれていなかった。そのときのことを英国の女王はすでに忘れ、天皇はよく記憶されておられることを望むが、女王に向って「お忘れ下さい」とはいえない。

日本語では「どうぞお忘れ下さい」といういいかたがある。これは「御放念下されたく候」などと手紙に書いたのを口語体に訳したものらしい。たとえば、私がこの暑さにかかわらず風邪をひいたとする。それを知った知人が心配をして親切な手紙をよこす。ところが私はもうよくなっているから心配しないでくれという意味で「御放念下され度《たく》」と書くのだ。

英国女王が「許すことはできるが、忘れることはできない」といったとき「どうぞお忘れ下さい」というのは、挨拶としてはまちがいになる。英語でどういったのかは知らないが「忘れることができない」の訳がまちがっていないなら、そうなる。

だいたい記憶というものは「忘れてくれ」といわれて忘れられるものではない、忘れるのは、ひとりでに忘れるので、努力して意志的に忘れるものではないだろう。そして人によって忘れやすいことと、忘れにくいことの種類が多少ちがうように思われる。たとえば、借りた金は忘れるが、貸した金はおぼえている人と、その反対に貸した金はすぐ忘れるが借りた金はごくわずかでもおぼえている人がある。それは生理のちがいというより倫理的な意識のちがいからくるのだろう。が、とにかく忘れるという現象だけに関していえば、たしかにちがいがある。

私は幸か不幸か貸す方へまわったことがないから、借りるばかりである。これをほとんど忘れられない。もうろくしたといっても、まだ大丈夫なのかと自ら慰めたりするほどだ。だが相手が私にむかって「そんな事は忘れてくれ」といいかねないほどの小さい借りでもおぼえているのは、なんだが人物がちいさいような気もして、いっそ忘れてやろうかと思うが、うまくいかない。

それにくらべて五億とか十二億とかいう金をもらったりやったりしていて「記憶しておりません」というのは何という大人物なのかと、ほとほと感心してしまう。『サンデー毎日』に「小佐野氏ら健忘症証人の脳ミソ構造」という脳生理学的な分析がのっていておもしろかった（一九七六年八月八日号）。「小佐野氏ら」の氏らが特に小さく書いてあるのは、いずれそれをつけず呼びすてになるまえぶれかもしれない。それはとにかく、この文は講座風に第一章から、第四章まで、記憶とはなにか、貯蔵庫はどこか、疾病利得というロッキード紳士たちの病像、といったぐあいに知的ユーモアがある。

岩波新書の『記憶のメカニズム』（高木貞敬著）を読みかけて、めんどうになり、半分くらいでやめていた私は、この文を読んで間に合わせることにしてしまった。まず記憶には記銘とその保持、保持された印象の再生、想起、そして想起されたものの再認の四段階があることを第一章で説明し、はたして小佐野サンの「記憶にございません」はどの段階にあるのでしょうか、と疑問を出している。第二章ではニューロンとシナプスという脳生理学の学術用語をつかって記憶の貯蔵庫、脳の部位とその複雑なメカニズムについて解説している。たいへん要領のいい解説だが「コレ、ワカルカナー」と筆者がいっているくらいだから、言葉はわかっても事柄はむずかしい。

もし記憶の問題が、細胞を分子レベルで研究する生理物理学で、すべて解けてしまうなら、私は愚にもつかぬこんな文章を書く必要がない。細胞に残った痕跡がどう記憶として再認されるかということはたんなる生理現象ではなく、社会現象でさえある。かんたんにいってしまえば個々の人間はたんなる細胞の集合ではないし、社会はまたたんなる個人の集合ではないということだ。細胞の事がわかればすべてがわかるとはいえないのである。ほんとうのことにはオーダーがある。通俗ないいかたをすれば「大は小をかねるというが、杓子《しやくし》は耳かきのかわりにはならない」のだ。そして問題はそれにとどまらない。オーダーのちがう杓子と耳かきがどうして無媒介に連結されうるのか。つまり、ニューロンの樹状突起に永続的な変化を起こすことが記憶の実体であることが、生理物理的な真理だとしても、どうして「記憶」という言葉と実体とがむすびつくのであろうか。その問題は生理物理的な真理だけでは解けないにちがいない。

とにかく、人によって忘れることの種類があるし、それは記憶の脳生理学だけからは説明できないだろう。

またしても通俗的ないいかたになって恐縮だが「ひとの噂も七十五日」という。ロッキード問題で灰色だといわれる人たちは息をころして、人びとが忘れてくれるのを待っているだろう。自分が友達に貸した百円は忘れない人が、ロッキード裁判となるととかく忘れがちだし、忘れなくても許すことはできると英国の女王の言葉に似て非なる心境になったりもする。まことに不思議なわれわれ日本人の健忘症である。

田中角栄の自動車の運転手が自殺したことなども「お忘れ下されたく候」という挨拶とどこかで関連しているにちがいない。もちろん反対語として「おぼえていやがれ」とステゼリフをいうのとも関連している。忘れることがらが個人差だけでなく社会的な類型としても考えられる。おそらく英国ではこのような奇妙な主従関係、忠誠心のありかたはないだろう。忘れかた（記憶のされかた）も人間一般の記憶として考えてはとらえがたいといえる。

「粗忽《そこつ》の使者」という落語があって、忘れたことを思い出すために釘抜きで尻をひねってもらう話は書いたことがある。これは、ただ滑稽なしぐさを想像させて効果をあげようとする落語家の創作かと思っていたが、どうもそうではないらしい。十六世紀末から十七世紀にかけて約二十年間にわたり、主として長崎に在住したエスパニヤ人商人のアビラ・ヒロンの書いた『日本王国記』を読んでいたら、つぎのことにぶつかった。

「私たちは何かあることを思い出そうとするときは額を手で叩くが、彼らはおしりのうしろ下を叩く」

箱や瓶に入れたものがつまって出てこないときに、トントンと叩いたりすることがある。近頃は切符やタバコの自動販売機に貨幣を入れてもうまく落ちないので、トントン叩いている人をよく見かける。額を手で叩くのもこれと同じなのだ。出口がつまって出にくい記憶を、叩けば出てくるように無意識のうちに類推しているのだ。それにしても、尻をたたいて何かを思い出すとは、昔の日本人は尻が記憶の貯蔵庫だと考えていたのだろうか。納得しがたいが、とにかく、西洋人が珍しがってわざわざ書いているのだから当時はそのようなしぐさをしたのであろう。落語はただの思いつきではなかったらしいのである。

小佐野賢治さんの尻をそっとたたいて、いかがですかまだ思い出しませんか、と訊いてみる図を想像すると、ちょっとおもしろい。もちろんゴーモンだといわれない程度、つまり「キミたのむよ」と刎頸《ふんけい》の友の肩を叩いた程度にである。

忘れぬことの災害

今日は九月一日、大正大震災の日である。朝がた市役所の宣伝カーが、十一時五十八分を期してサイレンを吹鳴しますから、防災訓練をやって下さい、と拡声機で叫んで通った。

大正十二年(一九二三)は今から随分まえである。大正の大震災にあい、その時のことをおぼえている人は、当時小学校の一年生だったとしても、もう六十歳余になる。それ以下の年ではおぼえているといっても、あまりあてにならない。私は当時中学の三年生だったからよくおぼえている。昨日のことも忘れてしまうもうろくぶりで、しばしばひとに笑われるくせに、震災のこととなると実に明瞭におぼえている。おぼえているだけではなく、ひとにそれを話したくなる。

私は今とおなじ湘南海岸にいて、地震と同時に家をつぶされた。廊下から庭へとびだすのがやっとだった。たおれたガラス戸に足をつっこんで軽い怪我をしたが、隣家では十一歳の男の子が圧死した。

父があの日も東京へ通勤していたので、東京はどうだろうと不安であった。電話、電信、鉄道が全部不通であった。たった五十キロしか離れていない東京の状況がわからなかった。鉄道駅へ行って、線路の上を歩いて逃げてくる人たちのいうことを聞く以外に方法はなかった。

ところが、人びとのいうことはまことにたよりない。あとで知ったが、ほとんど虚報であった。それは無理もないことで、個々の人間の知りうる範囲はほんとにたかが知れたものである。自分を中心にして百メートル平方かそこら、あとは歩いてきた線的見聞にすぎない。その聞はそれからそれと伝聞でひろがる。だから私に訊かれて答えてくれる人びとは自分の目でたしかめたのでなく、伝聞をたしかなことのように話していただけなのだ。流言蜚語がものすごいいきおいでひろがった。不幸なパニック状態がそのために起こった。後年、私は『太平記』の時代を想像するのに電信・電話・交通機関のいっさい無くなった震災状態を思い出して参考にした。震災の経験がないとなかなか考えられなかったろう。現にあるものを無い状態で考えるのはむずかしいものである。今はテレビや車のある生活になれているから、それの無い状態を想像するのはかなりむずかしい。

ここまで書いたところに来客があった。中学で社会科の先生をしている女性である。彼女はお茶の水大学の学生だったころからの知りあいである。

去年までは毎月一回、古典研究と称して私のところへ漫話をききに来ていたのに、今年はイタチの道切りで、とんとあらわれなかった。

「忘れたころにやってくる」

「震災の日ですから」

と、切りかえしは早かった。

震災の日だといっても彼女の生まれる十三、四年もまえのことだ。彼女は九月一日が震災の日であり「災害は忘れたころにやってくる」という警句（標語）を知ってはいるが、震災を経験として知ってはいないのである。

災害を地震の災害に限定していえば、一つの地域、たとえば江戸、東京の大地震は五、六十年あるいはもう少し長いくらいの周期でやってくる。だから、年齢階層でいえば経験が縞をなして歴史時間を横断している。文明（技術）の進みかたがのろかったときは、縞をなしていても、経験が未経験者の役に立つから、わりあい年齢差のくいちがいがなかった。しかし大正大震災から、戦争をはさんで今に至るこの六十年は技術の変化が猛烈にスピードアップしたから、いろいろなくいちがいが世代間にできている。

げんに彼女は私のところへ来るのに自動車で来ている。もし、今地震が発生したら、彼女は反射的にその車にとびのって自分の家へ帰ろうとするだろう。大正の震災のときには車といえば大八車であった。木挽町に住んでいた伯母が九月一日の夕方、銀座から数寄屋橋を渡って日比谷の方へ逃げようとした。荷物をつんだ大八車やリヤカーをひっぱる人がいて、橋はにっちもさっちもいかない状態だった。今はもう橋そのものが無くなったが、あの短い橋を渡りきるのに五十分もかかった。伯母はどうやら逃げきって助かった。翌日焼けあとを見にいったらそのへんに死骸が少なくなかったという。六十年のちがいは若いものにも年寄りにも想像しにくいむずかしい問題を提供している。

大正大震災の経験者としての私は、自動車やガソリン、重油などがこれほど街に充満している状態の地震がどんな災害をもたらすのか見当がつかない。地震による災害の状態が異なるだけでなく、世代間のくいちがいによっておこる震災に対応する行動のちがいが、たぶん複雑な様相を呈することになるだろう。

「災害は忘れたころにやってくる」という警句は、油断するなという意味ではあろうが、昔ほどたんじゅんには聞けなくなった。もし六十歳以上の人がおぼえていても、それ以下の人は経験がないからおぼえていない。とすれば「忘れたころにやってくる」というのは誰が忘れるというのだろう。そして、私のようにおぼえていても、こんどおこるであろう震災にはほとんど役に立たない想像力では、忘れているほうが、かえっていいのかもしれない。むずかしいのはここのところである。

「災害は忘れたころにやってくる」の忘れる主体は何かと考えると、私とか訪問してきた彼女とかいう個々の人間ではなく、社会といったような個人をこえた主体が忘れるということにちがいない。そして社会を主体として考えたばあい、その社会を構成する人口の年齢層のありかたは、複雑な問題をふくんでいるのではないだろうか。それこそ、そのことを考えないでおく、つまり忘れている、と別な災害がやってくるかもしれないのである。

平均年齢がのびて日本の社会は老人が多くなった。いっぽうで戦争がひじょうに多くの壮年を殺した。だからピラミッド型の人口構成がややキノコ雲型に近くなっているかもしれない。その両者を区別しないで、ただ社会という言葉で括ってしまうと思いがけないことがおこりそうだ。

最近の変な社会状況の中にはそういう人口構成のありかたにもとづくものもあるの

だろう。人びとは忘れてならぬことを忘れ、忘れるべきことを忘れずにいるところから何も見えなくなっているらしい。特に変化についていかれぬ老人が力をもっていること自身が一つの災害でないこともない。

政党や組合や会社という一つのまとまりも、個々の人間を超える社会的身体の一つと考えていい。この主体が忘れるということを例としても「災害は忘れたころにやってくる」のだ。

社会的身体が忘れるということは、全く新しい災害をもたらすらしい。ロッキード問題などをただ構造汚職ととらえるだけでは不足である。何が不足なのかは、今の私には答えられないが、個人にうまい忘れかたがあるように、社会にもうまい忘れかた、逆にいえばいい記憶のしかたがなければ、新しい状況に対応する方法が生みだせないだろうということである。

たとえば有識経験者を尊重することはいいことである。だが、有識経験があるからたいへん融通がきかず精神が凝固している人が多い。自分ではそれに気がつかず、社会も気がつかずに有識経験がものをいうために人びとが不必要な苦労を背負わされているばあいが少なくない。

遊びに来た中学の先生である彼女は、この夏休みに山陰の海岸へ旅行した愉快な話をしてくれた。一晩漁師の地曳網を手伝って、いろいろの経験をした。もうじき御来迎が拝めるよ、といわれて水平線を眺めていたが、いっこうに太陽があがってこない。気がついたら背後の山の方にあがって来たので自分の錯覚に気がついた。いつも湘南海岸で海からあがる太陽を見ているので、海の方角からあがると無意識のうちに思いこんでいたという。その錯覚のバカバカしさにおたがい笑ってしまったが、経験が身体にしみこんで無意識化していると往々こういうことがおこる。社会的身体にも無意識ということがあるはずで、それが問題にされないと、社会的身体の目的機能が奇形化してしまう。そこに予測しない別の災害があることを注意しなければなるまい。

現状では朝日はどっちから昇るかわからない。

墓石は忘れるため

生き身の現在住んでいるのが、アパートの賃借りで、昔なら棟割の長屋住まいである。死んだあとではいる墓のことなぞどうでもいいと思っていたが、そうもいかないらしい。

父が死んだとき、灰にして海岸へまいてしまってもいいと生前にいっていたから実行しようとしたら、もと大学で刑法をおしえていた先生にとめられてしまった。なんとかいう罪になるそうだ。しいてやりたければ少しばかり埋葬して、残余を廃棄したかたちにすればよかろうという。それではやはり墓が必要なのだから、海岸へ撒布することも意味がない。思いとまったものの新しく墓をつくる気にはならなかった。

父は埼玉県の出身で、先祖からの墓はそこにある。私を産んだ母は若くて死に、その故郷の墓地に埋まっている。二度目の母は東京生まれで、死んだら東京に墓をつくってくれといっていた。この人は丈夫で内心父よりあとに残ると確信していたらしいのだが、一週間も病まずにぽっくり死んでしまった。墓のことをいっていたのはそんな定めのためだったのかと父はあわれに思ったようだ。墓を東京につくろうかと、その人の兄に相談した。この兄、私にとっては義理の伯父だが、この人があっぱれな人で、そんな甘いことをいわないで墳墓の地という故郷へ埋葬しなさいとすすめてくれた。「失礼ないいかただが、東京に墓をつくっても子孫が守らなければ無縁になる。故郷には誰かが残って墓を守ってくれる。だから死んだもののいうことなどきかなくてもいい」というのである。兄がそういってくれるのならと、父もその意見にしたがって故郷へ埋葬した。じつは最初の妻の石碑に妻と彫ってあるので、二度目の妻の墓に後妻とかくのが、気持ちのどこかにひっかかっていたのだ。そのうちあの墓石を建てなおして、まんなかにおれの戒名、両わきにふたりの戒名を彫らせて、死んでも両手に花のかたちにすると、冗談めかしていた。しかし、それを実行できぬうちに父自身も死んでしまった。

老後は墓の処理がめんどうになったのだろう、海岸に骨をまいてしまっても結構なとといっていた。それだけ故郷とも疎遠になっていた。

故郷の家は、全部が大宮や東京に出てしまって誰もいない。当主である従兄はある会社を停年でやめると子会社へ天降るほどになり、故郷の墓地をりっぱにして村人の信用をえようとした。従来あった故人の墓石を整理して中央に大きく戸井田家之墓というのをつくった。そのとき母の墓を無断で動かしたので、私の弟がひどく怒った。その墓地に父の墓をつくることもできず、むこうのいうのに従って戸井田家之墓に入れてもらうわけにもいかず、父の遺骨は六年間も弟が自分のうちにおいて埋葬しなかった。

私はたかが墓のことでむきになることもないとほうっておいた。そのうち父のきょうだいのただ一人生き残った叔母から圧力がかかって従兄が「叔父さんを墓へほうむってくれ。ちかごろ、叔父さんの夢を見るので気になって……」と、それとなくあやまってきた。それなら埋葬してもいいと七回忌に従兄のつくった墓に入れた。父の冗談のように両手に花とはいかなかった。

ところで、昨年の五月、弟の女房が死んだ。生前から墓のことが気になっていて、私にどうしますかと、再三いっていた。私は生きているあいだも住まいひとつ持てない貧乏人だから死後の墓など手あてをする余裕はなかった。いまさら、また面倒な思いをして埼玉の田舎へ墓をつくる気もしない。本家だ分家だという以外に見も知らぬ村人が組と称して何かと世話をやく。それに対して古い習慣どおりにこちらも挨拶をしなければならない。とてもやりきれない。

さっぱりと思い切って、私の住む市で造成した墓地を申込んで、親戚や父の故郷と関係なしに墓をつくることにした。そこに私と弟夫婦と妹と四人がはいることにきめ、墓石の裏に俗名をならべてきざんだが、さて表はどうしたらいいかに迷った。

ちかごろ「寂」一字のものなどを見かける。「寂滅為楽」などもいい。しかしなんとなく気どっているような気がして、いやみでないこともない。かといって平凡に戸井田家とするのも家がいやである。そもそも自分らの墓をつくろうというのが「戸井田家之墓」に対する反抗なのだ。反抗する相手とおなじものをつくっていたのでは意味がない。

いろいろ思案の末、墓石の表に紋だけをほらせた。それも家と関係ないわけではないが、戸井田家というやらしさからはまぬがれるし、形に伝統的な美しさがある。

その墓へまず最初に弟の女房の骨を入れるつもりである。あとはどうつづいてはいることになるのか、いちおう残ったものがこまらぬかたちだけはできた。

考えてみると、随分つまらぬ苦労である。結婚も家同士のものでなく、それぞれ個人としての男女がおのれの意志によって結ぶはずだが、ホテルの披露宴などでみるとたれそれ家とたれそれ家結婚披露などと書きだしてある。なかなか昔の慣習からぬけだせない。墓も個人個人のものをつくればすっきりするが、それは個人的にも社会的にもひどく不経済である。いつまでも家之墓が残ってしまうのも、もっともなのである。

ところで近年聞かぬ言葉に家風というのがある。家風にあわぬと離別されることさえあった。そんなことは許されなくなったのは当然だが、家風といった実体はたしかにあるように思う。弟に三人の息子がおり、それぞれ結婚して子供もある。わきから見ていると嫁さんのやることなすこと、話しかたのすべてにわたって違う。性格のちがいというのではなく、育ちかたのちがいである。戦後の混乱期に各家庭の生活態度や様式が多様化し、価値観がちがってきたためであろう。おもしろいほどくいちがっている。そして時間が経過すると亭主のほうが女房の価値観にちかよって、なんとなく調和して行きながら、また別の家風をつくり子供はその家風に染まってゆく。

この家風が、今は核家族化したから家風ともいえぬものになったが、昔は本家・分家などといって一族党類としてあり、協力と統制が強かったから家風も伝承したのだ。

個人の記憶が消滅しても、個人をこえる社会的身体としての家は忘れずに伝承してきたものがたしかにある。記憶のメカニズムなどと人間の生理心理を分子レベルまで追究してゆく学問はできたが、家風などという風《かぜ》のようにかたちのないものについての学問が未発達のように思われてならない。身体を個人の身体とおなじだと考えてしまうからではないだろうか。もし家も政党も会社も派閥も社会的な身体と考えれば、記憶と忘却とについて個人をこえるものが考えられ、したがって風《ふう》というつかまえにくいものをとらえることもできるのではないだろうか。

そもそも墓石などというものをなぜ人は建てはじめたのであろうか。歴史や民俗学はいろいろいっているだろう。しかしそれは建てる気持ち、人びとの心理を忘れたから解釈しているのではないだろうか。その解釈の当否は別として、少なくとも人間の忘却ということと関連していたことだけはたしかであろう。

人の命のはかなさにくらべて石の不変性をよく知っていたのだ。腐敗しやすい肉体に対して容易に変化しない石とその重さが対比され、肉体を離れて浮遊する霊魂を土中にしずめるため、と同時に、石によって記憶を外在化しておけば安心して忘却にまかせられるために石が利用されたのだ。

人の名をしるす墓は歴史が新しい。征夷大将軍源頼朝の墓でも貧弱な五輪の石にすぎない。名はきざんでないのである。五輪の石のあらわすものは地・水・火・風・空である。石の固さが風や空を指示するところに考えねばならぬものがあるようだ。

人の名などは本来無いにひとしい。墓はできたが、私は父のいっていたように遺骨を風で吹きとばしてもらいたいようにも思う。

傘を忘れること

福沢諭吉の故郷、大分県の中津は、観光地としては福沢以外に人を呼べるものが何もない町である。昔の城下町でなんてこともないが、どういうめぐりあわせか、私はここに四回も行っている。そして、そのたんびに一つ宿に泊る。そうなってしまった原因は一本の傘にあったのではないかと思っている。

『豆腐屋の四季』を書き、幸崎《こうざき》や風成《かざなし》の埋め立て反対のために活動し、今も明神浜の埋め立てにともなう環境権保護の訴訟をつづけている松下竜一さんが、この宿を世話してくれたのだった。宿の主人は画家で顔を見せないが、女主人が眼鏡をかけたインテリ型で、松下さんの歌の仲間であるらしい。

『豆腐屋の四季』はテレビの連続小説になって緒形拳が主演した。彼らがロケに来たとき書いてもらった色紙などが、応接間の長押にずらりとかかっている。サッカーチームの合宿にもなったのか中学生のよせ書のようなものまである。初めて泊まったとき私も書かされるかなと内心おそれていたら案の定、かえりぎわに色紙にサインペンをもってこられた。一度はことわったが、熱意に負けてしまった。筆でないとダメなんだとぶつぶついいわけしながら

　疑ひは人間にあり
　　天に偽りなきものを

と、われながら目をおおいたくなる拙劣なものを書いた。私の主旨は前半にあるので、後半は無くもがな、なのだがそうもいかない。

「羽衣」ですね、と女主人は即座に反応したので、私はギクリときた。そのショックかもしれない。玄関の傘たてに、傘を忘れてきてしまったのである。

　前日、中津の駅に降りたとき雨が降っていた。すぐそばのアーケードの商店街にとびこんで傘を買い、それから松下さんを訪問したのだった。一時間たらずしかつかっていない傘だったから、ちょっと未練はあったが、旅行中の予定を変更もできず、幸い快晴だったし、そのままにしてしまった。

　帰京してから、送ってきたりしたら気の毒だと思い、失礼だがさしあげるからつかって下さい、と葉書を出しておいた。

忘れることもわるいことばかりではない。たった一本の傘を忘れたおかげで、その後おなじ宿に泊まり、泊まるたびに歓迎してもらう。

この十月にも宇佐八幡の放生会《ほうじようえ》を見学に行って二晩厄介になった。今年初物のふぐを馳走になって大満悦だった。

放生会というのは、生きものをはなちやる仏教信仰からきた儀式である。私の子供のころは葬式のときも放鳥がよく見られた。籠に入れて行列に従い、寺で数十羽の鳩や小鳥を放した。死者の菩提を弔うためにしたことであった。放生会もこれとおなじなのであろう。宇佐八幡から御神輿《おみこし》が和間浜《わまのはま》の浮殿《うきでん》までゆき、そこで蜷《にな》や蛤《はまぐり》を水に放つ儀式である。それが終ると船の上でクグツが人形を舞わす。これがどんなぐあいにやるものか説明を読んだだけではわからないので、折があったら自分の目で見ておきたいと数年前から心がけていたのだ。

九州へゆく用があったので、それにかこつけて、やっと見ることができた。見ることはできたが、なぜこういう儀式のかたちができたのかは全くわからなかった。

海に流すための蜷は、和間浜から一キロ離れた西貝神社の氏子の中の特定の一人が前もってとって苞《つと》に入れておく。それを西貝神社へ供え神官がノリトをあげてから和間浜へ戻って船から流すのである。

西貝神社は、隼人が宇佐八幡の神兵に征伐され怨霊となったのを鎮めるために祀った神社だという。蜷は怨霊の化してなったものか、それとも怨霊を慰安するための御《み》饗《あえ》なのか漠然としていてわからない。アイヌの熊おくりでは殺される熊が神で同時に犠牲であるらしい。それと似た論理がここにはある。そして、宇佐八幡の勢力が広い地域に信仰を伝播させながら政治的に支配にくみこんでいったのが、このような儀式と論理とを生んできたのかと思う。

どうも思いつきか言葉のシャレのようで気がさすが、勢力下におくことを傘下におさめるという。服従と支配の関係を傘のイメージでとらえる心的伝承があるとしか思えない。八紘一宇という戦争中に聞かされた標語も、現在聞くところの核の傘の下というのも似たようなものであろう。宇佐八幡と西貝神社との関係も傘の下にくみこまれて、敵対関係にあったものが服従し、支配をささえるものに転化したのではないかと思われる。そのような歴史が忘れられて儀式が残り、儀式によって別の歴史が記憶され伝承されることになったのだと思う。

祭りは集団の協同性をつよめ、たがをしめる機能をもっている。それは歴史の復習であり、集団による記憶の再認であった。そのためには当然忘れることがなければならなかった。

西貝神社のニシは方角の西ではなく田ニシなどという貝のニシ、蜷のニナと同じ意味であったかもしれない。蜷をあらかじめ採って苞をつくっておく特定の家の主人は、蜷饗祭のあとで供えた餅をもらっていたが、これは他の人にはない特権であるから、おそらく神裔なのであろう。蛤女房などという昔話の派生してくる根源の神話的思考があったとしか思えない。

とにかく、古い時代の征服と被征服の歴史を忘れ、あるいは忘れさせる必要があり、儀式とその解釈とによって記憶がたもたれてきた。もちろん儀式はつごうによって変改させられ、合理的解釈によって意味が変化した。しかし、その観念の中核に傘の下というイメージが個人をこえる集団表象としてあったといっていいだろう。個人としては忘れていながら、個人をこえる社会的身体は記憶しているらしいのである。

支配と従属の関係を伝承化して記憶するばあい、九州では神功《じんぐう》皇后の朝鮮出征と、隼人の征服とのどちらかが磁石にすいよせられるように歴史の筋に付着して説話化される。宇佐八幡の祭神そのものが神功皇后と応神天皇と武内宿禰とかいうかたちに付会されたりもする。八幡信仰の内容そのものもまだわからない。だから放生会にともなう儀式から何かをいうのははじめから無理なのだろう。

放生会には保存会という会が大活躍で、子供たちが笛と太鼓のハヤシを中学のクラブ活動でならって新しく参加したりしていた。船上のクグツは、大分県の中津市と川一つへだてた福岡県吉富町の古表《こひょう》神社のものがはるばる参加した。これも三十六年ぶりで参加を復活したものだという。

古表神社の神輿に従って傘鉾が七台行列をつくって和間浜までやって来た。ここにも傘がシンボルとして見られた。七つの部落から出るのであった。

それはとにかく、私は保存会といういいかたが少し気になる。文化財の保護とか保存とかいうことを、しきりにいうが、品物ならとにかく、祭りといったような生き物を保存するというのは、ちと考えが足りないのではないだろうか。

祭りは歴史を変形させながら、自己を歴史的に維持してゆく。歴史の変形は、記憶を変えることであり、したがって忘れる作用をともなうものである。では何が忘れるのかといえばひとりひとりが忘れるのである。忘れるから一方で社会的身体としての集団が記憶して保存しつつ新しい機能を果すことになる。

今われわれの考えねばならぬことは、その集団的記憶の機能を検討することでなければならないだろう。公共という概念の内容を考えることでもある。逆説めくが伝統は保存ではなく、忘れることによってかえって維持できるものである。生きてる人間は自分を保存するとはいわない。

郵便配達夫ルーラン

昨夜、ラジオで野球放送を聞いていたら、ドアーのブザーが長くなった。ちょっと押しただけでは、野球に耳をとられているので聞こえなかったのだろう。なかなか出ないのでかんしゃくをおこしたらしい。

「ハーイ」と大きくどなって立っていったら、ドアーをあけないうちから何かしゃべっている。変な奴だと思ったが、意外にも顔見知りの郵便配達が速達を届けたのであった。

「ひさしぶりですね。お元気ですか。今夜はほかの受持ちだったんだけど、戸井田さんだっていうから代って顔を見に来たんですよ」

とニコニコ笑っている。

「やあ、あんたまだ働いてるの。元気で結構。ぼくもまアまアというところ」

「みどりさんもお変りなく……」

「ええ、学校の先生しててまだ嫁にゆかないでこまってしまう」

「丈夫ならいいじゃありませんか」

彼はそんなことをいいおいて帰っていった。年はとうに五十を越しているはずである。

彼とは敗戦後の食糧難のころ顔見知りになった。北海道から送って来たイカの塩辛の包装がわるくてぐずぐずになっていたのを大事にめんどうをみて配達してくれたのである。その場で開いて中身を調べて、これなら食べられるからと確認して帰って行った。まだ若くて茅ヶ崎の農家出身の素朴な青年という感じだった。そのときの塩辛がうまかったのと共に彼の親切と職務に忠実なのが忘れられなかった。その後、どこで会っても声をかけ、おたがいに「元気かね」とたしかめたりしていた。

彼に会わなくなって、だいぶひさしい。忘れるともなく忘れていたが、会わなくても不思議には思わなかった。郵便配達に停年があるのかどうか知らないが、戦後三十数年だから、ふつうの会社ならもうやめているころなのだ。

ひょっこりもとの姿で速達便を配達に来られて、うれしいようなさびしいような変な気持ちになってしまった。彼は約三十年、郵便を配達しつづけているのである。戦後、新聞に連載されていたブロンディとダグウッド夫婦の漫画には、ときどき郵便配達が出て来た。聞くところによると、アメリカでは信書を配達するのだから特に信用がなければなれない職業なのだそうで、「郵便配達をやっている」というだけで信用されるという。私信が確実に配達されるということは近代社会を成立させるに必要な一本の柱である。それを知っており、社会感覚がそうなっているからこそ、ダグウッドの友達として郵便配達が出て来ていたのである。ところが、日本では、まるで能なしがやる職業であるかのように扱っている。彼が三十年間りっぱに社会の柱としての役割をはたしているのに、ほとんど誰も尊敬を払わない。

年賀状のときなど局がアルバイトを臨時にやとって配達させている。アルバイトが配達をめんどうがって、束にして棄ててしまった事件がしばしばおこったが、それがどれだけ重大なことか考えてみようともしない。高給をとる大学出の官僚がそれに気づかぬほど社会感覚に欠けている。うらはらに信書を配達する重要な職業者が軽視されるのである。

ひさしぶりであった彼が元気であったのはうれしかったが、社会的待遇のことを考えるとさびしかった。若かった彼の顔は老人にちかくなっている。

郵便配達といえば、ゴッホの絵に「郵便配達夫ルーラン」の肖像があるのを思い出す。ふさふさしたりっぱなあごひげが彼の糸杉同様にもくもくとカールしている。帽子の正面にPOSTESと読める。おだやかで堂々として、やや下方を凝視している目は思慮が深そうである。この顔をうしろの緑の壁紙がかこんで明るい花が散っている。一八八九年ころかいたものといわれるが、この郵便配達夫ルーランはアルルに住んでいたときゴッホのもっとも親しい友人のひとりであった。

ゴッホは弟に送った手紙に「彼はソクラテスのような顔をしていて絵ごころをおこさせる」といい、また「この親爺さんは金を受けとらないだろうから、もっとぼくのところで食ったり飲んだりしてもらっていいわけだ。それでぼくは他にロシュフォールのかん《ヽ》て《ヽ》ら《ヽ》を贈った」などとも書いている。

この配達夫がゴッホとどんなつきあいをしていたかを想像することができる。

肖像画といえば王侯貴族か金持にかぎられていたのが、近代になってはっきり変化した。つまりゴッホが配達夫ルーランをかいたことは、ひとりひとりの人権がはっきり認められねばならぬとすることを示していたのだ。

肖像画の人物が変ったことは、同時にその絵のおかれた場所が変ったことを意味していた。貴族の城館や豪壮な邸宅にかけられたものが市民の部屋の壁にかざられ、あるいは美術館で大衆的に享受されることになった。われわれはそこに時代精神の大きな相違を見ることになる。

　さて、その時代精神だが、時代が精神をもつとは、どういうことなのだろう。ひとりの人が精神をもつというのは頭脳という肉体の機関の働きとして理解しやすい。しかし時代というのは概念にすぎない。その時代が、まるで肉体のように精神をもつというのはおかしくはないだろうか。

　私は展覧会でゴッホの絵を見る。それはゴッホの個性とその魂とをあらわして、存在している。それをわかると自分で感じる。ところが、その絵の隣りのゴーギャンのタヒチの絵がある。それへ私の視線がうつるとき、すばやくゴッホの絵を忘れなければならない。展覧会ではなく、画集のページをめくってもおなじである。絵が私につよく作用すれば作用するほど、私はつぎの絵を見るためにその印象をふりすてなければならない。

　美しさにわれを忘れると、ひとはいう。われを忘れるだけでなく、記憶を一時ふりはらって、それだけに集中しなければならない。それが絵を見ることであった。あるいは絵にかぎらないのかもしれない。その例証をほかに求める労力を、今は省略しておこう。とにかく展覧会の絵に限って考えれば、絵一枚一枚を見ることは、つぎつぎとうつるたびにまえの絵を忘れることをともなう行為である。つまりわれわれの頭の働きには、防火扉のように印象の延焼をふせぐための扉があり、必要によって思念をすばやく遮断するのであろう。忘却とはちがう一種の忘れがオートマチックにおこなわれているのである。

この忘れがあるからゴッホの絵やゴーギャンの絵という個性を消去して、それらをふくむ時代の精神というものが成り立つのだと考えられる。忘れがなければ、おそらく時代の精神は成り立たないだろう。それぞれの絵から抽象した理念を比較し、それから共通項を抽出するといったような作業からは時代精神はつかまらないにちがいない。

私の肉体が私の魂をもつように、時代が精神をもっている以上は、時代は身体的な何かなのだ。それはひとりひとりの肉体を越えるものであり、同時に肉体を離れては存在しえないものだ。

時代という概念を歴史家は気安くつかっているが、それは時間経過の物理的区画の上に事件を並べてみることだけからは出てこない。われわれの肉体が生まれ育ち、成長して徐々に老衰するという一生を内的に経験することが、事件を序破急とか起承転結とかいうかたちで認識させるから時代という概念が成り立つのである。かんじんなのは、それを忘れているという事実である。芸術家が自分の仕事をしているばあい、忘れているから生きてくるものがあり、それがまた享受者に作用して作品を作品たらしめるものがある。反省的にそれを序破急などというのだが、そういったところでわからないものにはわからない。それをいわなくても、わかるものにはわかる。

ところで、郵便配達を不当にあつかっている現在の日本に時代精神といったものがあるのだろうか。

〈ぼくちゃん〉

夏休みになったら、娘の教え子である小学五年生の女の子が三人、横浜から海水浴にやって来た。三人とも戦前の子にくらべて背が高い。「こんにちは」といって、ろくに頭もさげないが、かざりっけもないし、自分が無作法だとも思っていない。すなおで、活気があって、私は好ましく感じた。特に一番背の高い子がてきぱきした動作で、ほかの二人をリードしているらしかった。たがいにしゃべっている話題はごくたあいないことで、とりとめのないものだったが、ひとつ耳にとまったことがあった。一番背の高い子が、自分を「ぼく」といっていた。

男女同権とか女性党とかいう主張があって、男の子とおなじ自称をつかうのかと気にしたが、それほど意識的なものではないらしい。

娘にきくと、ちかごろ女の子のあいだで流行なのだという。宝塚の男役が『風と共に去りぬ』のバトラー役で、ひげをつけるとかつけないとかが女性ファンの問題にな る程度のことで、そのうちまた変る流行なのであろう。宝塚の男役のような気分が多少はあって「ぼく」といっているのかもしれない。

相手を「きみ」といったのは、ずいぶん古いことで、もとは政治的な君主を意味するより女が愛する相手を呼んだものだったようだ。近代にちかづいて貴公とか拙者とか相手と自分とを四角ばった武士言葉でいうのにかえて、君《きみ》をつかう関係から君主に対する「しもべ」としての僕《ぼく》が自称につかわれだしたのであろう。特に注意して調べたわけではないから責任はもてないが、どうもそんな気がする。

四十年以上もまえに父の田舎へ行って、伯父と土地の村会議員である農家の主人の話しあいを見ていて、おかしく思ったことがある。天気の話や、作柄の話をしていたときには、「おらあもう植えつけもすんだ。先生も早くやんねえとだめだんべえ」なとど、もと小学校長だった伯父を先生あつかいし、自分を「おれ」といっていた。ところが村政のことについての話になったら急に先生よばわりをやめて

「キミのいうことには異議がある。ボクはそうは考えねえ」

といったようないいかたに変化した。私は思わずくすりと笑ってしまった。政治言葉という特殊なものが田舎の議会にもあったのだ。

衆議院などでも、すべて平等に相手をたれ君《くん》と呼び、先生とかさんとかいわない慣習のようだ。明治初年の政治家がはじめたことだが、田舎の村会にまで伝染していたらしい。

男のキミ・ボクは変らないのだが、女の子が男の子を呼ぶときはもとだれそれさんといっていたのに、だれそれ君《くん》と、戦後は呼ぶように変った。そして男の子も女の子を呼ぶときはだれそれさんと呼ぶように変っている。クンとサンが英語のミスターとミスのように相手の性別によるようになったのだ。もとはクンとサンは相手の性別によらず呼ぶ方の性別で、つまり男言葉と女言葉の別があって呼びかたが変っていたのである。

男言葉と女言葉の解消が必要であるなら、相手の性別でいうのもおかしい。これは小学校の先生が便宜上はじめた呼びかたが子供のあいだに普及し、今や若い人はそれを当然とするようになったのだろう。もし女の子が自分を僕《ぼく》といい同じ女の子を君《きみ》というなら、男とおなじになる。かならずしもわるいことだとはいえない。「君が代は千代に八千代に」の君は、だれそれ君《くん》、きみのことだよ、と何の何子くんが恋人に話しかけるとしたらたいへん愉快だ。そうなれば僕はしもべという卑称ではなく、君と対等になるだろう。

戦後の一時期、役人が公僕だという言葉が通用して、中身もその呼びかたに変化する気配があった。民主主義がそのために理解されたが、また誤解もされ、いつのまにか公僕という呼びかたが消えてなくなった。そのことが忘却のかなたに沈んで思い出す人もなくなったら、その公僕であった官僚が「君が代」を国歌として指導せよ、という。こういう現象と小学校の女の子が自分をボクといっているのと何か関係があるのであろうか。

もう一つ戦後につかわれ出した呼びかたがある。小さい子（このばあいは男の子）に向かって「ぼくちゃん、いくつ」などという。母親が子供に向かって自分を「おかあさんが、まだ学校へいっていたときネ」などと話しかけたりするのと似たつかいかたである。相手がいう言葉を自分がいうかたちにふりむけてつかうのだ。男の子の名前を知らぬのに、その子に話しかける必要があるとき「ぼくちゃん」という。名前を知っていればなにチャンと呼ぶのだが、あいにく知らない。男の子は自分をボクというので、じゃあ「ぼくちゃん」でまにあわせようというわけだ。

名前を知らなければ「ぼくちゃん」も、やむをえないが、名前を知っている母親が食堂でメニューを見ながら「ぼく何にする」などと子供にきいていることがある。年をとっている私は妙になじめない。

しかし、考えてみると、そのような言葉つかいは、日本語に特有のもので、昔からあったのだ。たとえば自分を「おのれ」というが、同時に相手を「おのれ」ともいう。チャンバラ芝居のセリフなどにも「おのれ小癪な」などといって相手におそいかかったりする場面がある。

能にもシテがいうべき言葉が、ワキによっていわれるといったようなばあいがある。歌舞伎のワタリゼリフが人称におかまいなしで、人物にわりつけられ、うたうようにそれからそれとわたされてゆくのに似ている。どちらも「おのれ」を自分と相手と両様につかうような心理の地盤があって成り立つのである。

この地盤は客観性とはちがう。三人称的客観性は、しゃべるものなきしゃべり、考えるものなしに考えられる論理とされている。しかし、自分と相手をおなじ「おのれ」という言葉でいうのは、相互にあいたいずくでいるかたちを前提している。「おのれ」と「おのれ」とが向きあっているのだ。そこには客観性を担った三人称の背景はない。

もし、自分が相手の立場に立ち、感情移入といったような心理操作があって、二人称でいうべき相手を一人称でいっているのだとすれば、三人称的背景で自分をも対象化し、感情移入をするのだ。ところが、「おのれ」が自分をさすのでなく相手をさすのは直接に、自他が結合しているのである。

坂部恵氏は「人称代名詞の基礎的な体系の圏外に属する全然系統を異にする人称代名詞を日本語はもっている」といい、我と汝と両様につかう「おのれ」という人称は、我と汝の相互性の根源に相互現前的な「おのれ」の領域があるからだと説いている（『仮面の解釈学』）。これは、感情移入が二人称的関係で成り立つものとすれば、原人称とでもいうよりしかたがない。

メルロ・ポンティは、幼児が鏡に像を見、つぎにここに自分の身体を感じるのは、その両者をつなぐ共通分母があるのではなく、それら一種の距離をもった同一性、つまり偏在性なのだ、といっている。われわれも能で、シテとワキとの「おのれ」という両義性をシテ独演的形式で実感しているとき、幼児的経験に退行しているのであろう。

うちへ遊びに来た女の子が「ぼく」といっているのも、いささか演劇的、退行的快感を味わっているのかもしれない。それなら現実に夢をさまされると、またありきたりの言葉づかいにもどるにちがいない。元気のいい女子学生が社会へはいって男性社員を何君《くん》と呼び、叱られると、また女言葉へもどるようなものである。

「おのれ」が両義性をもち、自分をいう「ぼく」が相手の子を「ぼくちゃん」と呼ばせる社会的根拠を、われわれは忘れている。しかし忘れているからこそ、退行化と距離的自己同一を可能にする身体的作用があるのだ。個体を超えた固体相互の同一化が身体として根底となるようなものが前提されている。「原爆忘るまじ」といったような強調は、「おのれ」の両義性と同一化の不安の上に立っているのである。

風情の底の忘れもの

以前、『鹿と海』という旅行記を出したら、自動車で信州の高遠から駒ヶ根、翌日は諏訪へと二泊三日の旅行をした友人から、メモでもとっているのかと訊かれた。いっしょだったのだからメモなんぞとっていなかったのは知っているはずだと答えたら、記憶力がいいとほめられ、いささか鼻が高かったが、内心はやはり心細いのである。もの忘れがひどいのは先刻本人が承知で、原稿を書いているときしばしば立往生した。

彼は自分がおぼえていることを、私の記憶とつきあわせて調べてみないから、記憶がいいなどと私をおだてたようなことをいうのである。たぶん彼がおぼえていることを書いたら、私は全然それを記憶していなくて、彼の記憶のよさに畏敬の念をもったかもしれない。ひとには、それぞれ注意することにちがいがあり、したがって記憶する事柄にも相違ができるものらしい。私は視覚型で、目で見たことはわりあいおぼえるが、耳できいたことは全然おぼえられない。だから音楽はてんでだめである。

昔、映画をよく見たころ、その批評をたのまれて書くことがあった。ショットは一度見たらほとんどおぼえていたが、そのとき音楽があったかどうかとなると、これがまるっきりだめだった。あすこでモーツァルトの何とやらいう曲が伴奏につかわれていたなどという人がいると、私はびっくり仰天して頭のいい人もいるもんだと、ただただ恐れ入るばかりだった。それにくらべると、私の視覚型などというのも、からきしあてにはならない。ただ耳よりはましというにすぎない。

旅行記を書きながら気がついたことが一つあった。忘れる忘れないの問題よりまえに、雰囲気で感じるだけで、計量的に観察していないということである。

たとえば神社の境内がどのくらいの広さだったかしらと、思いうかべてみても何百坪くらいという数字が出てこない。眼前で見ているときに、縦が何メートル、横が何メートルと目測してみる習慣がなくて、こけらぶきの屋根が苔におおわれていたとか、神木の杉が半分枯れて根もとがうつろになっていたとかいうことばかりを印象にとどめている。あすこの石段は高くてのぼるのにひどく息切れがしたと書いても、読む人はどのくらいの高さかわからない。私はアパートの三階にある自分の部屋まであがってくると、もう息切れがして数分間、口もきけないくらいだから、たった二十段か三十段の石段でも高いと思ってしまうのだ。読む人が丈夫で百段くらいは平気と思っているとすれば、私の文章はまちがいを伝えることになる。なるべく二十段とか百段とか数字をあげて書こうと試みたが、その場所にいるときは石段をかぞえるというような見方をしていない。

しかし、考えてみると、このような私の傾向は私ひとりのものではなく、日本文化の中にある傾向なのかもしれない。風情があるとか、風流であるとかいう趣味を大事にする癖があって、それが計量的な観察をさまたげているらしい。

牡丹散て打かさなりぬ二三片

蕪村の有名な句で、まえにもあげたことがある。この二三片は二片散ってそのうえにさらに三片めが散ったというのではなかろう。数はあげているが、きちんと計算したのではなく、大きな牡丹の花びらがはらりと散ってかさなった状景をよんでいるのだ。この句から目に浮かぶのは、音もなくはらりと散りゆく牡丹の花びらを焦点として、その周辺をソフトフォーカスにつつみこんでいる雰囲気である。計量する目で見たのでは、この雰囲気はつかめない。

「秋は夕暮。夕日のさして山のはいとちかうなりたるに、からすのねどころへ行くとて、みつよつ、ふたつみつなどとびいそぐさへあはれなり」なども同様であろう。清少納言の『枕草子』の冒頭にある文章で、誰も知っている。夕日がさして山の端がくっきりと見える秋のそらを烏がねぐらをさして飛んでゆく状景を実にうまくとらえている。烏を三羽四羽とかぞえているわけではない。「三つ四つ」といって、五つ六つとつづけずに「二つ三つ」と数の序列を戻していることが、烏の飛んでいるさまを感覚的にわからせる。

自然を計量的に対象化せず、主観に気分的に融合してくるものを受けとる姿勢が、われわれの中にはたしかにある。私は欧米のことを知らないからあちらの人たちの感じかたと比較するわけにはいかないが、どうも微妙なちがいがあるらしく思える。こういう姿勢はどうして、どこで教えられ、無意識のうちにおぼえこまされるのであろうか。

蕪村の句から連想するのだが、座といったようなものが、ずっとものをいってきているのかもしれない。

歌仙を巻くということは、発句からはじまってあげ句まで規則的に、作句をわたしてゆく共同の作業である。句をうけて、つけてゆくとき離れすぎてもいけないし、つきすぎてもおもしろくない。そのためには座につらなる人びとのあいだに流れている共通の気分といったようなものがなければならない。共通の気分との接触のしかたをいろいろ工夫して変化をつけながら、しかもそれがたがいに了解されることがたのしいのである。

連俳の座にくわわった人たちも生活している以上は、二両借りて三両を借りれば合計五両だという計算はしただろう。これを二に三をたすと五だという算数の勉強の会におきかえてみると、誰にでも通用することだから、つかず離れずということはありえない。連俳の座につらなっている人びとの頭の働きかたはどうしても計量的な観察とはちがったもので、そこに流れている気分は、参加者によって動きながら、そのひとりひとりにはどうにもならぬものである。つまり、ひとりひとりは参加することによって自分ひとりではどうにもならぬひとり以上のものとかかわりつつ、しかもそのひとり以上のものを自分の中にとりこまねばならない。

共産党などでは、昔、ひとりひとりを細胞といい、連俳の座のように集って討議するのを細胞会議などといっていた。今は何といっているか知らないが、とにかく共通の目的で集って討議したのだから、やはり座である。けれど、座にかならずつきまとう個人をこえる何かを科学的社会主義とだけ規定していたのでは、会議の実効はあまり期待できないのではないかと思う。そこには、われわれの中にしみこんでいる連俳の座的な非科学的な気分があって科学のようには割りきれないからである。

皮肉めいたいいかたになるが、会議は科学的というよりむしろ連俳の座のように、ひとりひとりにはどうにもならぬ気分が支配的になるものだと考えてかかるほうが科学的である。政治とはもっとも科学と遠いもののように思える。座は一個の社会的身体と考えたほうが、より正確につかまえられそうである。

細胞会議といったようなものの対極に、私は神懸りをおいて考える。たとえば天照大神が天岩戸へかくれてしまったので善後策を講ずるために神々が集会を開いた。その席で天宇受売《あめのうずめ》が神懸りして舞ったのをきっかけにして、大神を岩戸からひきだすことができたことは『古事記』にある。神話というか、つくり話というかは知らないが、とにかく人びとが一座して巫女を神懸りさせる方式がなければこのような叙述はありえない。今でも地方の祭りで、祭祀集団の中から特定の人をえらんで人為的に神懸りさせる行事が残っている。

集団はその行事によって集団であることを確認し、ややともすると崩壊しそうな集団のたがをしめる役割をその行為に期待している。かんじんなのは、そのさい神懸りになる人が自分のすべてを忘れ脱魂の状態になることである。集団の力は神懸りをつくる可能性をもつと同時に、ひとりの脱魂者によって動かされる可能性ももっている。注意を要することである。

社会的身体の生理というのは、そうしたもので、無意識の領域においこんだ大事なものを忘れ、また忘れる必要が集団にはあったということである。もう一度いうが注意しなければならないことである。

祭りのしきたりを忘れても

十月の中ごろのことだった。藤沢市役所の広報文化部の人が、藤沢の文化と歴史について市長と山田宗睦と三人で座談会をやってくれと申しこんで来た。藤沢には学者や芸術家がたくさん住んでいるので、私ごときが出る幕ではないと辞退したが、あまりえらい人だと手にあまるので白羽の矢をたてたらしい。ついに承知させられて、私の友人が設計して建てた労働会館の一室で座談会をやることになった。

当日は少し風邪気味で薬をのんでいて、どことなく変な気分であった。

文化部長が話のきっかけをつくるつもりで「文化は祭りから出るのだそうですが、その点をどうぞ」と、まず私に開口をうながした。

私は「文化は耕作するという言葉から出たので、逆に祭りが耕作の生活をつづけるための社会的必要からあったと考える方が適当ですよ」などと話しているうちに、急に自分の頭がおかしくなったのを感じた。

いったい自分は今、どこにいるのか。なんで、なんのためにしゃべらされているのか。と、不意に疑問がわいて、ぷつり話を中断してしまった。こんな変な状態になったことは、今までの私には全然なかったことだ。瞬間的記憶喪失症になったのかもしれない。

物忘れがひどくなっているのは自覚している。しかし、話している途中でぷつりと糸が切れるように何を話しているのか、何を目的に話しているのかがわからなくなるという変な頭の状態になったことはない。私は話を中断して、少しだまっていた。その場にいた人たちは、私が話のつぎほを考えているのだと思って待っていた。私は部屋をぐるりと見まわして窓がしまっているのを見た。ここはどこだっけ、と思い出そうとした。

「ちょっと待って下さい。今、私は急におかしな状態になって、自分がなぜここにいるのか、何をしゃべろうとしているのかがわからなくなった」

と、いってほっと息をついた。部長は「少し休んで、お茶でものんで、ゆっくりやりましょう」と、お茶をとりよせてくれた。山田宗睦さんもちょっと心配そうに私の顔を見ていた。

お茶をのんで、ゆっくり考えているうちに、部長がうちへ頼みに来て、にこにこ笑いながら、息子さんが歌舞伎の研究をしていて、私の本を何冊も読んでいるといっていたのが、浮かんできた。そうだった、あの座談だった、と思い出しはしたものの、まだ漠然として夢の中の気分があとをひいた。

山田さんとは気があうので、対談とか座談会とかいうのを数回やっているが、こんなしまりのない中身の乏しい話を私がしゃべったのは、はじめてで、あとですまない気がした。

じつは、市の広報文化部でレジメを用意していた。ちょうど芸術祭の季節であり、市民会館へ能や文楽をよんで市民有志の主催で公演をしたり、古くからある村のダシを参加させてムラをこえた規模の祝祭をやったりすることの意義や、発展の方向について考えてみることも一つのテーマであった。ところが、ほとんどそれを無視したことになってしまって、あと味はまことにわるかった。

風邪を早く直そうとして薬をのんでいたことが、おもな原因だとは思うが、私がもうろくしていることも否定しえない事実である。そして、地方自治体の市と、そこの住民の新たな祭りは、軽く見すごしていい問題ではない。藤沢市に近い平塚市では七夕祭りが盛大におこなわれることで有名だが、これは仙台のものをまねてはじめたものである。商店街の客よせを主目的とする行事で、住民のひとりひとりにとっては、祭りというより、オマツリサワギといったほうが適当であろう。藤沢の祭りと伝統についても、農村・漁村・遊行寺《ゆぎょうじ》の門前町、東海道の宿場町、江の島の観光地、鵠沼・辻堂の海水浴など、それに辻堂海軍要地あとの住宅団地とそれぞれ歴史のちがうブロックがあって、いちがいにはつかみきれない。

名前が祭りだから何か共通性がありそうに思えて、古くからある祭りといっしょにして考えがちだが全然別なのかもしれない。

座談会のあと一週間、まだ、からだの調子がわるかったが、予定していたことなので沖縄へ行った。本島の南部、知念の東方六キロの海上にうかぶ久高島の祭りを見学するためであった。この島には午年《うまどし》ごとにイザイホーという祭りがある。来年が午年なので、それをぜひ見ておきたいのだが、島のようすが全然わからない。それでは来年行くのにこまるので、今年のうちに下調べをしておきたかったのである。

那覇市に住む写真家の比嘉康雄さんが、島の生活や祭りをくわしく知っていて、十月の壬《みずのえ》癸《みずのと》にカンザナシという祭りがあるから、それを見るといいとのこと、下調べなら、毎年ある祭りにまず接しておくべきだと出かけたのであった。島は周囲約八キロの南北に長い隆起サンゴ礁のひらべったい地勢で、南端の徳仁港からあがったところが世帯数百余の小さい集落で、あとはアダンとクバの林である。

旅館はおろか、民宿が二軒あるだけだ。集落の中央にある食料を売る店に電話が一本、それで島外からの連絡をうけているから、ラウドスピーカーで、たまに「○○さん電話がかかっています」と放送する。それを聞いて電話口へかけつけるという状態である。空港にはジャンボジェット機が発着し、近代ビルが立ち並ぶ那覇の街では車の渋滞がひどい。そこから来ると、タイムトンネルをぬけて古代にもどったのかと思うほどのんびりしている。天も海もきれいである。

この島には外間《ほかま》ノロと久高ノロという二人のノロがいて女系で伝わってきた。島のおもな産物であるエラブウナギの権利もこのノロがもっており、村の人びとも村頭といわれる順番の役員をつとめてのちに、順繰りにそのわけまえにあずかる。村のもろもろの不文律が徹底している。ノロの下に十二年目ごとのイザイホーに入社式をすませて一人前の神女になる主婦たちがいて、この人たちが村を動かしているらしい。祭りはほとんど神話の実演の感があり、白衣に白鉢巻の神女たちが裸足で外間ウドンのまえで二列にならび、神々を東方に送りかえすときのウタなどは何か悲愴な気分が漂っていた。私は奇妙にさそいこまれて涙をこぼしそうになった。

とにかく、藤沢のような雑然とした人の集まりからできた都市の作られた祭りとは本質的にちがう。共同体という社会的身体と切っても切れぬつながりのあるものが祭りだという実感があった。

祭りそのものの報告はイザイホーを見てからにするとして、今は私自身が瞬間的な記憶喪失になったことと対比して、島の西銘しずさんの記憶について紹介しておこう。西銘さんは本年（一九七八）七十三歳、外間ノロの下で祭りを施行するに一番大事な役を終身担当しているかたである。イザイホーのことは、この人にきいてくれとノロさんがいうほどで、こんどのイザイホーにたずさわれば四回めだという。さすがに十二年めごとのイザイホーのこととなると、こまかいことは忘れたという。しかし忘れたというそのいいかたが、いかにも自信にみちていて、記憶しているというのとおなじ顔つきで答えてくれる。その自信がどこからくるのか、話をきいているうちにわかってきた。

祭りの行事にはいって、その中で神女としての仕事をしていると徐々に思い出すという確信があるのだった。

耳の中で神がささやく声がするので、そのときになればひとりでに思い出してくる、と彼女はいうのであった。つまり彼女の記憶は祭りのいとなみの中に保存されており、社会的身体としての村共同体の超個人的な何かが彼女の記憶をよみがえらせるのであることがわかった。それにくらべてわれわれの記憶喪失は何と孤独であろうか。

発掘された安万侶墓誌

太安万侶《おおのやすまろ》の墓誌が出土したので、考古学や古代史の研究家はいろめきたっている。『古事記』は偽書ではないかという疑問が長くつづいていた。真福寺本が一番古いのだから、やむをえない疑いだった。上代音韻がきちんと書きわけられているので、ほぼ奈良朝成立は認められていたものの、安万侶の序文はあやしいという説も残って、いつまでも偽書の影がつきまとっていた。こんどは遺骨までが出たのだから、まア安万侶の実在感が濃厚になったわけで、研究者が目の色をかえるのも無理はない。しかし私などは専門家でないから、なんでそんなに騒がねばならないのかが、ちょっとわからない。そして墓誌そのものが偽物ということはありえないのだろうかと、かんぐりたい気持ちもないわけではない。

科学的な方法が進歩して遺物の年代考定などはほぼ正確になったというから信用す

るとして、それにしても何という文字信仰の強さであろうか。埼玉の稲荷山古墳から出た鉄剣の銘文解説をめぐっていろいろの説が出ているのも思いあわされる。「これでわかった」という事実のいかに小さいかを考えてみることも、たまには必要であろう。

文献の考証研究というのは、どことなく推理小説の犯人割り出しに似ている。何年何月に何があって、そのとき彼は現場にいなかったはずだといったような外側からの証拠をひろいあげて追及してゆく。安万侶の墓誌が出て死んだ年月日がわかり『続日本紀』の記載にもほとんどあうから、アリバイをあげて犯人でないことを証明しようとしても、それは無理ということになった。彼が『古事記』を書いたことはまちがいないであろう。犯人がいちおうきまれば、なアーんだと、あっけなく一件は落着して、事実のこまかい調査はそのことに関する限りは終る。いわゆる定説というものができあがって、以後これをつき崩すのはたいへん困難になる。

けれども、まかり通る定説が、定説として固定していられる範囲のことは、まことに小さい事実についてであって、たとえば安万侶が死んだ日が何年の何月何日ということにすぎない。この事実を大きな収穫にするためには、事実の周辺に目をひろげて歴史的世界を見なければならない。これは事実の関連しかたについての研究で、その関連は無数にある。関連は同時代とだけでなく、現代ともつながっている。したがって今もなお新しい関連を生みだしているのであって、歴史の研究は限定されたオーダーの中での定説ということになる。いちおうわかったということが真実として認められても、それはつぎの段階で破られるためのものでしかない。だから破られぬ定説はつまらぬもので、のりこえられてゆくいちおうの真実こそが研究者のめざさねばならぬ目標であり、のりこえられるから価値があるのだ。小さい事実が判明し、それが動かぬことになれば基礎事実がしっかりするという効果がある。それを共通の知的財産として研究は進展してゆくことはまちがいない。だから小さい事実がわかったということに価値を認めないというのではない。それで終るのではなく、そこから始まるといっているのである。

たとえば稗田阿礼《ひえだのあれ》の誦習した帝皇日継《ていおうのひつぎ》と先代旧辞とはどんなものであったのか。安万侶の墓誌が出てきたからといってわかったわけではない。もしすべてが文書によって伝えられていたとすれば、しいて阿礼に誦習させる必要はなかったわけだから、口承によって伝えられた部分を考えるのは当然と思う。その部分がどんなものであったか、それが安万侶によって文として筆録されるとどう変ったかという問題は、ほとんど手つかずで残っている。

いまのわれわれは字が読めるから、歴史をふりかえるとき記録を読めばいい。したがって、暗記しておく必要がない。読んで覚えたとしてもたちまち忘れてしまう。必要があれば検索によって再認すればいいのだから、わざわざ骨を折って覚えておくこともないのである。しかし、文字によって記録ができないころは、暗記をしていなければならなかった。集団の歴史は集団の維持のため必要であったから記憶しておかねばならぬ係がおり、集団の結合を強めるための祭りなどのとき、物語とか歌とかの形式で復習して記憶を確認していたのであろう。

昨年（一九七八）の歳末に沖縄の久高島でおこなわれるイザイホーを見学して、いろいろとおもしろい経験をしたが、それが参考になる。午年にしかやらぬ神女の認定式だから、式次第やそのシグサやテブリ、ウタウ神歌などは、十二年のあいだ実際にはやらずにいるわけで、われわれ文字にたよるものだったら忘れてしまうであろう。ところが彼女らは式のための練習をただの一度もやらない。それでいて一糸乱れぬ立派さで四日間の行事をやりぬいた。ただ一度、新たに神女になるナンチュを腰かけさせるウスの位置が多少ちがうらしくノロ二人と掟神とのあいだで少しのあいだ相談していた。それ以外はほとんどスムーズに進んで渋滞を見なかった。

まえに掟神の西銘しずさんに会ったとき、今は忘れているが、祭りになれば思い出すといっていたのが本当だったと感心してしまった。稗田阿礼も文字によらずそらで覚えていたのであろう。文字記録は人を忘れっぽくするものにちがいない。太安万侶が文字によって記録したがゆえに忘れられてしまったものがどれほどあったかわからない。その忘却の海の深さを考えないで、文字記録のわずかな戦果をよろこんでいるのは、あまりにものんきなのではないだろうか。

イザイホーをおこなうような集団を、一つの社会的身体と考えれば、その身体が記憶を保存していて、ときにあたって復活してくることがあるのを認めねばなるまい。それは一種の共通無意識のようなものである。シグサやウタやオドリ、物語として再生してくるとき、いくらかずつゆれ動いて、以前のままということはないだろう。しかし、そのゆれ動くしかたや傾向こそが共通なものであった。ただひとりの安万侶が書記によって固定化すると、ゆれ動く可能性が否定されて、それだけ無意識な記憶への主体的参加がむずかしくなる。それは歴史から脱落するものをつくり、浅くする。

イザイホーの祭りの庭にあるコモリヤをつくるため、ほの暗く繁茂したアダンやクバやフクギの森にはいって村の人びとが木を切りだしていたとき、おびただしい蝶のむれがひらひらと舞いあがった。十二月の十四日だから本土ではありえぬことで、私は異様な感じにおそわれた。

一九七七年九月にカンザナシの祭りを見学にいったときアヤハビルという蝶の神が一人いた。それを思い出して、この異様な感じを神に肉体化したのだと昔の人のイメージのえがきかたを自分のからだの中で復習した。

安万侶の『古事記』には蝶の神はいない。だが痕跡がないわけではない。イザナキとイザナミがはじめて産んだ子をヒルコとして水に流したというヒルは蛭であった。沖縄のアヤハビルのアヤは彩、ハは羽、ビルは蛭である。

また大化改新の前年に東国富士川のほとりで大生部多《おおうべのおお》という人が常世《とこよ》の神をまつれといってはじまった新興宗教は、橘の木になる虫を神とする信仰であった。拇指ほどの大きさで色は緑、黒い点があって顔は蚕そっくりであったというから、これは蝶の前身にちがいなかった。たいへんな流行神となってひろがったが、秦造河勝《はたのみやつこかわかつ》がこれを禁圧したという。ところが秦造河勝自身が欽明天皇のとき大和国泊瀬《はせ》川の洪水のおり壺に入れられ流れついた赤ん坊だったという伝承があったらしく、水に流された蛭子と運命をおなじくしていたのである。あるいは同じ根からわかれた枝であったから、大生部多は河勝にしてやられたのかもしれない。そこに歴史の深層におしこめられて無意識化されたものを見ることができそうである。多《おお》は名前だが太安万侶《おおのやすまろ》の太と関係なかったのであろうか。文字に書記されることによって、たしかになった事実の背後には、ひじょうに多くのことがらがあり、われわれは文字を過信するがゆえにそれを忘れているらしいのである。

無意識へ押込む

『愛の殺意』というテレビの連続ドラマがあった。中野良子が週刊誌の記者になって、三国連太郎の老人の過去を追及してゆくうち、自分の過去のわからない深層心理がだんだんわかってくるのが究極の主題だが、戦争中の異常事態の人間関係が複雑にからみあって興味をひっぱってゆく。原作は一千万円懸賞の当選作だそうで、比較的おもしろくできていた。

中野良子の扮する週刊誌の記者は、中学へはいったころ、軍服を着た父が石の斧をもって追いかけてくるおそろしい夢を見たことがある。その夢を見た記憶がいつまでも残っており、その夢を見てから後、父も母も自分に急によそよそしくなったことをなぜかと不審に思っている。だが、その夢の意味がわからず、父と母の態度が変化した理由も、夢と関連しているらしく推察されるが、わからない。そのわからないもどかしさに、尻を叩かれて三国連太郎の老人とその妻、妻の妹の戦時下と敗戦直後の性生活をしらべてゆく。そこには、妻の妹の産んだ双子の姉妹を別の出生にして戸籍届けしていたため兄妹の相姦関係がおこってしまった不幸もある。それらが三国老人の愛憎に深い陰影をあたえている。

最後に三国老人が空襲下に殺人を犯そうとした防空壕内での切迫した情況を告白する言葉をきいているうち、彼女の深層の記憶がやっと思い出されてくる。

彼女がまだ小学校へはいったかはいらないかの小さいころ、父の戦友が集って酒をのんで騒いでいたことがあった。たまたま中国で十三、四の少女を兵隊が輪姦した話になった。罪の意識の微塵もない高らかな笑い声が部屋に満ち、父もそのうちの一人であったとわかる。幼年の彼女は、隣りの部屋にいてそれを知ってしまい、父をおそろしいと感じるのだが、父であったがゆえにそのおそろしさを意識の底に埋めこんでしまう。完全に忘却しているのだが、抑圧によって故意に忘れたのだから、十三、四の年齢に達したときそれが変形して夢にあらわれたのであった。

夢の中で、セーラー服の少女である彼女はすすき原を一所懸命に逃げる。軍服を着た父は石器時代の石斧をふりあげておいかけてくる。彼女はうなされ悲鳴をあげる。その声によって何を夢みているのか両親は知ってしまう。それ以来親達は彼女によそよそしくなったのだ。しかし、彼女自身には理由がわからなかったのである。

これはフィクショナルな作品の話だが、精神分析を応用して、この種のなやみを治療している実績を考えると、たんなる夢物語とはいいかねる。ひとはしばしば自分から部分的に記憶を抹消してしまうことがあるのだ。この種の忘却は、年をとって物忘れがひどくなったというような忘れとは種類がちがう。

私など七十余歳で、気が若いといわれるが、もうそういわれること自体が若くない証明のようなもんで、老眼鏡をどこに置いたか忘れて昨日も三十分探してしまった。眼鏡に鎖をつけて胸にぶらさげておいたらいいですよと、そのとき来訪した婦人が教えてくれたが、その人の名前ももう忘れている。ことによると名前をきくのを忘れたのかもしれないし、きいてもどうせ忘れるのだからと覚えなかったのかもしれない。

この種の忘れは、ごくふつうの忘れである。

生活してゆくに必要なことに重い軽いの程度の差があって、その軽いものは忘れやすいし、また、忘れることがなければわずらわしくてやりきれない。だから忘れるのは、別な意味で生活上の必要でもあるのだ。これに反して、前記の中野良子さん扮する婦人記者の忘れのばあいは、彼女にとって重すぎるのである。軽いから忘れるのではなく、重すぎるから忘れる必要があったといわねばならない。彼女にはその重さをはかる意識はない。むしろ重すぎて意識の分銅がはずれてしまうからはかれないというべきなのである。記憶装置が故障をおこして、結果的に忘れたということになっているのだ。老眼鏡を置き忘れたなどという忘れとは本質的にちがうのである。

生命に別状があるような大事なことは忘れないと、ひとはいう。おそらくそうだろう。私は自分が忘れっぽくなって、ますますそう思う。いくら忘れても、生命に別状をおこすような大事なことは忘れないから、毎日を平気で生きている。しかし、おぼえていると生命に別状がおこりそうな大変なこともたまにはあるものだ。このほうはかえって忘れるほうが身の安全である。自己防衛上、忘れないわけにゆかぬ。この種のことはあまりに重大だからこそ忘れたということもおこりうるのである。

中野良子の婦人記者が幼児のころの記憶を抹消したのは、意識してそうしたのではなく、自分の精神生活が破壊されそうな危険を感じて、自己防衛上ひとりでにそうなったのであった。「危険を感じ」たときにすでに彼女は心に傷を負っていたのだ。その傷があまり重いため意識の分銅がはずれて、自分では気がつかぬまに心の負傷を無意識の深層にとじこめてしまったのである。

こうみてくると無意識の忘れにも幾種類かの別があることがわかる。前記のばあいのような個人の自己防衛的記憶抹消とちがって、集団的な無意識の忘れもある。

一例をあげると、まえにも書いたが、上下関係と価値観の関連などがそうである。価値のあるものが高く、価値のないものが安い。それは売買でいう言葉だが高低でもいうから、上下という関係であらわしているわけだ。ところが上下そのものは地球の引力で立っている人間の測定で、頭の方が上、足の方を下としているにすぎない。価値とは関係ないはずだが、上下の物理的な関係概念によって価値があらわされ、それが無意識化されるとつねに上下と価値観とが連動してくる。天国はいつも頭の上の方にイメージされ、地獄はいつも足の下の方にあると感じられる。天国は人間にとってつねに価値があり、地獄はいとうべきものである。決して高低と上下を逆には考えない。これは世界どこの言葉でもそうなっているらしい。人間が地球上の生物として共通にもっている価値観と上下関係のイメージである。それは無意識のうちにそうなっている。共通の無意識であって、無意識化するほうが言葉の機能がうまく働くのである。たまたま月の世界へ到着した人間が、テレビのブラウン管にさかさまにうつったりすると、人間にとって上下とはいったいどういうことなのかという問題が新しく思えたりするのである。天井を蜘蛛のようにはって歩けるとしたら人間の価値観は上下で表現できるはずがない。そんな単純なことは、月にロケットが届くほど科学が発達しなくても、ちょっと考えればわかることだが、ふつうの生活ではわかる必要のないことだから忘れている。むしろその単純さで通じあうことが必要だから共通の無意識になっているのであろう。

また、たとえば国際会議などで対立する意見を主張しあったりして平気でいられるのも基礎はこの種の共通無意識であろう。正しいことには従わねばならぬという公理のようなものが前提となっているから論争もありうるのだ。かんじんの公理そのものは証明ぬきであって、そのことに関する限り当事者は忘れていることが必要なのである。あるいは忘れているような顔をしていないと会議そのものが成り立たない。正しさの内容が如何なるものであろうと、正しさに従うという公理を前提として意見をたたかわす無意識の合意が、戦争や暴力をさけてきた人間の知恵でもあったのである。それは丁度、中野良子の扮した週刊誌記者が、自分の心を破壊されないために父の罪業を意識の深層に凍結して忘却へおしやっているのに似ている。戦争の破壊から免れるためには、共通の無意識にたのまねばならないのである。

ただし、注意したいのは、その逆の効果である。敗戦のにがい思い出から立ち直るために、一億総懺悔的なアイマイさで戦争責任を忘却のかなたに流してしまうと、A級戦犯を靖国神社へ合祀し、総理大臣がその資格で参拝してテンとして恥じないという惨害がわれわれの心の上に加えられる。意識と無意識のつかいわけはむずかしい両面をもつのである。

山の神まつりのひながた

今年（一九八二）の正月は寒い日がつづいた。北陸や上越の雪がものすごく、列車が立往生をしいられた。私は昔風にかぞえると七十三歳になった。コタツにあたりストーブをつけて大雪の状景をテレビで見、おせち料理の残りを食べていた。

そこへ山の神まつりを見にゆかないかと、さそいの電話がかかって来た。以前国東半島の鬼会をいっしょに見にいった後藤淑氏からだ。彼なら面倒をみてもらっても安心だと家人も同意してくれたので、腰をもちあげた。

ゆくさきは、琵琶湖の西岸安曇川《あどがわ》駅から朽木谷《くつきだに》を十八キロばかり山へはいった麻生というところ。聞いただけで雪がつもっているだろうと想像できた。

八日の朝に新幹線ででかけた。好天気で太陽がかんかん照っていたのに、関ヶ原あたりに来るとどんよりと雪雲がたちこめている。線路わきの撒水器が雪を溶かすために水を噴射させており、列車の窓まで横なぐりにとんでくる。列車は速度をおとしながら約二十分おくれて米原《まいばら》を通った。京都で湖西《こせい》線に乗り換えて安曇川駅で降りたら三時をまわっていた。

車で十三、四キロ市場というところに宿をとった。京都から花折峠を越し比良山地をぬけ、若狭街道へつながる道の途中である。舗装されてトラックも走っているが、昔は荷物を肩にかついでやっと通る道だったにちがいない。小浜と今津を結ぶ若狭街道は、小浜の海産物を今津へ運ぶためで、今津からは大津まで舟を利用したのである。

しかし、山地を人の肩で運ぶことが古くからあり、それは小浜から若狭彦神社・若狭姫神社・神宮寺をつなぐ道を通って山をぬけ木地山・熊ノ谷をたどってこの市場へ出てから道を南にとって安曇川沿いに花折峠へ向かったのであろう。海と山と湖との交点であったとすれば市場は古い名称のはずである。十年まえに若狭の神宮寺を訪問して奈良の東大寺へお水取りの水を送る行事の話をきいたとき、鯖街道という名を教えられた。塩にした鯖を肩にかついで山を越えて京にいったのだという。地図によればその道が市場へ出て来ていたのである。そして、その途中、市場まで約四キロてまえの山中の方に麻生はある。

市場といっても今、繁昌しているわけではない。ガソリンスタンドにドライブ・インがぽつりとある程度のところだ。

宿は四つ辻の近くにあった。座敷は襖をあければ広間になるかたちで、床の間に宴会用のカラオケが備えてある。観光客が来るはずもないから村人の宴会につかわれることが多いと想像される。主人は麻生から出た人だった。付近にタクシー会社があるわけでもないので、この人が車を運転して麻生の目的の家までつれていってくれた。

車の通る幅は除雪されているが、両わきには雪がつもっている。付近の村人がほとんど車で動く必要から毎日除雪車が出ているのだそうだ。

麻生の字上野の連絡さきへついたときはもう夜で、雪あかりの細い道はがりがりに凍っていた。ところが、電話のまちがいで山の神まつりは九日の夜とのこと、東京からわざわざ来たのを気の毒がって、まアあがりなさいとコタツに招じ入れて、山の神まつりのためにつくった模型の鍬や手斧を見せてくれた。

当主は安曇川町の電話局につとめているまだ三十代の若い人であった。祭りのことは父がやっていたのだが、隠居したので自分がやることになったばかりでよくわからない、という。しかし責任だけはつがねばならぬと考えているらしく、模型の鍬・鉈・斧・長包丁・鎌それぞれ二個ずつを木を削って自分でつくったのであった。これは横十センチ縦三十センチくらいの杉の平板の上に載る小さいものである。

別にオコゼの絵を紙に書き、その杉の板にはりつけて、模型の道具といっしょに、山の口にある神木（欅）にお供えする儀式が山の神まつりなのである。そのオコゼの絵は隠居した父親が、私たちの願いをきき入れて描いてくれた。誰か別の人が描く役で、はじめてだからうまくは描けないと謙遜していたが、別室で描いてもってきた墨絵のオコゼは大口をあいた顔を正面に、縦に尾までみごとに描いてあった。そしてオコゼという魚はまだ見たことがない、といってちょっとはにかんだような顔をした。たぶんほんとなのであろう。山の神にオコゼを見せるから猟の獲物をさずけてくれと祈願するのは広くゆきわたった伝承だから、ここのまつりかたは農村より山村の山の神の色あいが濃厚なのがわかる。

麻生には字が四つあって、それぞれが別の組になって山の神まつりをやっている由、上所というところでは今夜山の口まつりとオヒマチと新年宴会をいっしょにやっていると電話連絡でわかったので、その方に車でつれていってもらった。しかし、この方は新年宴会が主になって祭りはごく形式的なものになっていた。オコゼの絵も道具の模型も省略してしまって、十人集まっていた組の者の中からただ年若で元気な二人だけが凍る雪の中を村の神木（杉）のところへお膳をもって行ってすぐかえって来た。

さっきの上野地区のような道具作りをここでもやっていたのだが近年やらなくなっ

たと年寄りが話してくれた。ここの家は自分の山の木で建てたという柱も桁も太い非常に堂々とした家であった。地つきの山主で、たぶん山仕事を代々の職業としてきたのであろうが、当主は学校の先生をしているとのことであった。山に自動車がはいり、住民が町場へ通勤して生活様式がかわれば古い信仰や伝承が無くなるのは当然であるし、それらが忘れられてゆくのもまたやむを得ないことである。

私が年をとって健忘症になるように、古い村も村自体が年をとって健忘症になるのであろう。そう思ったが、私という個体が老耄《ろうもう》して忘れるのと、村という共同体が忘れるのとはどこかがちがうはずである。

それは、山の神に供える道具の模型が示しているのではないであろうか。まえに、毛筆をつかって平仮名のつづけ字が書ける時代になったから『源氏物語』などの文体が生まれたのだろうと書いた。

それと同様に道具は手の延長であり、道具は手の機能をよりよく果たすものだ。つまり手の内蔵する可能性を対象化して、主体から分離してゆくものだ。その対象化されたものの体系を技術文明という。模型は肉体の延長としての道具であるよりも、対象化された技術の概念的な表象として肉体から剝離されている。

山の神まつりは個体の習得した生産の体験を共同体の経験として伝承するためにこ

そ道具の模型化をおこなってきたのであろう。しかし、そのことの中に、すでに忘れられるにちがいない契機がふくまれていたのである。

手に斧をにぎって木を切り倒す感触が斧の柄と手のにぎりとを同時に作ったのだ。自由自在に斧をつかいこなせる人間は、道具と手との両面性をもつにぎりを一つものと感じている。肉体がおぼえていて、つかう意識で忘れているから自在なのだ。しかし、それを反省するとき体験から経験へ転化する。個々の肉体を越えた共通の基盤に立たねばならず、さもないと経験ともいえないからだ。しかしその転化のときに、にぎりの個体的側面を忘れねばならない。つまり忘れることはそれ自体社会的現象なのであり、伝承は忘れるためにあるといえるのだった。

医師の手

正月の八日夜、朽木谷で山の神まつりの供え物として作られたミニアチュアの鍬や斧を見、オコゼの絵をかいてもらったりした翌日、おなじような祭りがあるという淡路島へ足をのばした。湖西線で安曇川から京都へ戻り、京都から新快速で明石へ、明石から船で渡る淡路島は、たいして遠くはない。駅の階段をのぼるのも息が切れておっくうな私だが、こういうときは存外はりきって遠走《とおつぱし》りをしてしまう。

北淡町《ほくだんちょう》の歴史生活資料館の館長さんをたずね、本館の裏に移築された旧家の昔のままの姿を見せてもらった。入口のかまちのところにあわびの貝がさがっていて、これは魔除けだと説明をきいたときは、ちょうど鶏舎にあわび貝をさげる埼玉地方の習俗を気にしていたときだけにうれしかった。部屋や台所の土間に正月のおかざりがしてあって、これもたいへん参考になった。

日がかたむいた四時すぎ館長さんの案内で両墓制といわれる海岸の埋葬地を見た。積みあげた石がるいるいとして海から吹きつける寒い風にさらされている。荒涼としてどことなく悽愴の感がある。まいり墓は別につくり、そこにふつうの石塔婆をたてるのだそうで、だから両墓制といわれているのだが、これが昔のハフリの姿であったのだろう。

墓地のるいるいとした石の上にわれわれの影がのびて太陽が沈みそうになっていた。せかれるように車にもどって、海岸の道から山へ折れ、今夜山年《やまどし》さんの祭りのある舟木村へ向かった。

館長さんは、ついでに岩上《いわがみ》神社を見てくださいとつれていった。鬱蒼とした樹叢の中の巨石文化遺跡であった。大和の三輪山から真西に線をのばすと箸墓をとおって淡路島の巨石イワクラにつながるという。北緯三十何度とかで、古代の測量術はどうあったのかひどく興味があった。山の神まつりを見学に来て、このイワクラにぶつかるとは思いがけぬもうけものをした。

山年さんを見せていただく永田与四郎さんの家はそこから三、四百メートル海岸よりに下ったところだった。玄関の上に雌松と雄松の枝がうちつけてあり、縁側にはホウタレ串という竹枝がたててあった。山年さんは玄関から出はいりしないで縁側からじかに座敷へあがる。花嫁さんもこの土地では縁側からあがるそうだ。そして結婚式に媒妁人の坐るという一番の上座に山年さんがかざりつけてあった。

山年さんは一丁の鍬を壁に向かって刃を下にして立て、柄《え》にミノを着せ、柄の頂上に笠をのせてある。前にお膳が二つ供えてあった。

朽木谷の山の神まつりのように村の共同祭祀だと思っていたが、それはまちがいだった。永田さんの家の祭りで、ちょうど能登半島に残るアエノコトに似ている。戦争に行っていたあいだと戦後の物資欠乏の時代には、永田さんも家の祭りをやらなかったが、父がひじょうに熱心な神事のおつとめをする人で、子供のころしつけられたせいか、なんとなく気持ちがわるく、復活して、自分の気がすむように毎年きちんとやっているとのことだった。明治四十二年酉の生まれだというから、それでは私とおないどしだと急に気持ちが近づいた。

スサノヲノミコトが追放されたときにミノとカサを着ていたので、今でもミノとカサを着たまま他人の家へはいるのは禁忌だと『古事記』にある。『古事記』のころからミノとカサは特殊視されていたのだ。ここでそれに会うとは思いもかけぬことだった。人間が神の姿をとるとき、顔や身体をかくす扮装の道具であったことは、秋田のナマハゲなどによってもわかる。鍬がそれを着せられているのは注意をひいた。

朽木谷では農具や山仕事の道具がミニアチュア化されていた。永田さん宅の鍬はほんものの鍬である。これは山の神が山に住む人びと（木地師や猟師など）の神から農家の神になってきたことを示すことにおいては同じであるが、前者は模型、後者がほんものの道具ということで少しちがうように思える。

いうまでもなく、鍬や斧などの道具は手の延長である。そして素手よりもよくその機能をはたすものである。つまり手の内蔵する可能性を対象化して主体から分離してゆくところに道具が成り立つ。その対象化されたものの体系をいっぱんに技術文明とひとはいう。模型がほんものとちがうのは、対象化された技術の観念的な形象として、主体から剝離され、じっさいには道具の役割をしないところにある。

道具が模型化されることは、単なる主体からの剝離ではなくなる。主体の道具に対する作用エネルギーをも主体から分離し、道具をつかう道具を生み出す。機械である。技術はますます客観的になり、主体から離れてひとりあるきをしてゆく。

昔、鍬や斧をひとが手にその柄《え》をにぎってつかったとき、土をたがやし木を切り倒す感触が手の内にあった。柄と手との共同に感触が成り立ち、感触自身が一方に柄を一方にタナゴコロを同時に作った。ところが高度な機械文明はもはや人間の感触などという生理的・心理的なものをほとんど必要としなくなってしまった。道具は人間の肉体からその可能性を剝離してはじまったが、今は技術の体系が人間を剝離し疎外している。

道具のばあいそれを自分の手同様自在につかいこなすためには、習練によって手と道具との結合を忘れねばならない。機械が人間を疎外するのもそれに似ている。人間の手のはたらきを機械に委譲して忘れねばならない。しかし、この両者にある忘れにはちがいがあって、後者の忘れには何かまちがいが含まれているように思える。

医師の診療にも打診とか聴診あるいは触診という病人の身体に直接する診察法があった。子供のときから病弱でいつも医師の厄介になっていた私は、医師の手が胸にさわって打診をし、寝ている足をまげさせて腹をなでまわしながら内臓の調子を触診するのを、一種のなつかしさをもって思い出す。それは医師が私の患部を発見し病気の程度を判断する原始的な方法であったかもしれない。しかし、そこには診断だけがあるのではなかった。医師の手を介して私の肉体へ安静と慰問とが流れこむのであった。手と柄《え》とのあいだの親昵に似て、医師の掌《たなごころ》が私の肉体を直る方へ協力させたのだ。

しかし今は診断のための器械が多く発明され、医師個人の古い診断技術をあまり必要としなくなっているらしい。そのために医師でもない人が電子的に診断する器械をつかって患者を信用させ、不当な子宮摘出手術をしてもうけていたというような事件もおこる。患者に直接さわって、患者の回復力を激励する医師の手を、器械が代行するわけにはいかない。医療器械が発達することが同時にたいへん重要なことを忘れるのと並行していることを忘れてはなるまい。

鍬にミノカサを着せて神聖視する伝統行事は何かを忘れないためである。しかし、われわれのあいだには、その心理的なものが変形して器械を意味もなく崇拝する気分が残っている。

古い信仰を迷信だと笑うひとが、かえって近代科学の生み出した機械・器具を崇拝する迷信におちいりがちなのではなかろうか。

同期のクラス会

大学を卒業してから半世紀が過ぎてしまった。三月の末に名古屋で同級生が十三名あつまった。ちかごろ急にあいたがるようになったのは、おたがいに現役をしりぞいて爺さんになったせいだろう。ほとんどが学校の教師かその古手である。いままでは主として東京でひらいていた。私もときどき参会していたから、全然わからなくなってしまったものばかりではない。しかし、いちようにみんな老人になってしまった。顔を見て、誰と名のわかるのは近年会って再びおぼえなおしたものである。

名古屋にいる渡辺綱雄は、卒業後まもないころ、病気で倒れた私を辻堂まで見舞いに来てくれたことがあり、ぜひ一度は礼をいっておきたいし、なつかしくもあったので、わざわざ名古屋まででかけたのだった。

ホテルのロビーにはいっていったら、むこうは「やあ」といって手をあげたが、誰だかわからなかった。東京から先着の幹事が、今日は戸井田も来るといっていたので、私をわかったらしい。さもないと、わかるはずはないように思う。私も学生時代は、整髪にてこずったくらい髪が濃かった。今はまるまるのはげ頭である。今の私に昔の青年を発見できるはずはないのだ。

学生時代は美青年であった渡辺君も、今は総入れ歯で、昔の面影は背骨をぴんとのばした姿勢のよさにしか見られなかった。

記憶にある彼をなつかしく思っていたのに、目のまえにいる年寄りを彼と認めねばならぬ心理の操作がうまくできなくてこまった。彼も私に対して同様な気分を味わったのではなかったろうか。

戦前・戦中・戦後をつみかさねた長い歳月は、それぞれの人生にのっぴきならないあとを残している。戦争にかりだされた同級生二人がまったくの偶然で蘇州であった話、無事に帰還して戦後を生きのびたのに、ひとりはすでに病気で他界していないと歎声が出る。死んだ彼は卒業以来、死ぬまで小学校の先生だった。校長なんぞにおかしくてなれない、と反骨の精神を発揮していたのに死んだら勲何等とやらをおくられたという。生きていたら断わったろうという話も出て、勲何等を評価するいいかたにわずかながら反撥する気配もあったり、あゆんだ道とあるきかたのちがいが現在の考えかたにも歴然とあらわれて、雑談はかならずしも円滑ではなかった。

でも、そのちぐはぐさがのりこえられぬほどの若さではなく、みんな旧友との会合のたのしさと限界とを心得ているらしかった。これが年をとるということなのか、と私もひごろのおしゃべりをつつしんで、適当に内にこもる自分を見つめた。

はなしているうちにいろいろのことに気がついた。たとえば渡辺君は私を見舞いに来たくせに、そのときの私のことより海岸で偶然会った河合享の方をおぼえていた。鵠沼海岸から砂浜をぶらぶら来たらリールで磯釣りをしている人がいて、それが河合君だったという。われわれは国文科で河合君は仏文科だったが、渡辺君は高等学院のときおなじクラスだったので知っていたのだった。私は渡辺君が見舞いに来たとき、自分の家にいず隣りの家でお茶をのみながらしゃべっていた。生け垣の上から「おーい」と声をかけたので、渡辺君と認めたが、そのとき紺のレインコートを着ていたのまでおぼえている。

たがいにおぼえていることがちがって、相手のいうことをそうだったかと半信半疑できいて、でもいまさら生命にかかわるほどのことでもないから、どっちでもいいと、あえてこだわりもせず、自分の記憶を訂正しようともおもわない。

しゃべっているうちに、相手の笑い顔の中から昔の若い顔がうかんできたりして、やっぱり面影は残っていると感じるものもいれば、いくらしゃべっていても昔の面影とかさならないものもある。半世紀も会わずにいれば当然別の人間と考えたほうがいいのだろうが、自分が自分であると思うように、相手もひとりの人間として生きてきたと思っているのだから同一人と思うよりしかたがない。こういう奇妙な人間関係の集合が歴史の一面だと考えると、歴史という学問も変なものに思えてくる。

自分という立場でいえば、若い自分も老いた自分もおなじ自分である。年とともに成長し円熟し老成したと考えるのも、ただ単に変化したと考えるのも自由だが、とにかく自分を同一の自分と考えることにまちがいない。

そのばあい自分はつねに内として自覚される。そして自分を変化あらしめるものは外からの作用と感じる。だから作用に対応して変化はするが、本体の自分は変化を通じてつねに変わらぬ自分だと思っている。

「学生時代にぼくはきみの影響をうけたよ」というものも出てきた。私が左翼の学生で、読書会のような会合で理屈をいっていたという。いわれてみると、多少そのけがなかったわけではないが、だいたい文学部の学生は全部が気分的には左翼であった。

われわれの前の世代からと、あとの世代からは作家が出ている。しかし、われわれの世代からは早稲田出身の作家が出ていない。それは『戦旗』や『文芸戦線』のようなプロ文学への指向が強かったからだ、という意見も出た。もちろん、私のおしゃべりが影響したのではなく時代の傾向だったのだ。

それ以上つっこんだ話にはならなかったが、影響という言葉もまことにあやふやな言葉で、しかしそれを使わないとほとんど歴史が書けないほど重要な概念ではある。「ぼくはきみの影響をうけたよ」といわれて、私がびっくりしたように、たとえば文学史にとりあげられている作家はみんな、誰に影響を与えたと書かれたら、びっくりするのではないだろうか。影響されたほうは自覚があるが、影響したほうは自覚がないのがふつうである。そして影響されたと自覚するのも、じつはあてにならないのではないだろうか。

自覚する主体を文字どおり身体と考えれば、身体を持続し、変化をとおして自己を維持するのは毎日の生活であろう。栄養をとらなければ死んでしまうのは、あたりまえすぎて、ことさらいうのも恥ずかしいくらいのものだ。けれど、毎日の食事に何を食べたかおぼえているものはいない。つまり自分を形成し、変化しつつ、なおその中で一貫して自分でありつづけるとき、他からの影響をうけたと自覚するのは、たまたま内なる自己が外と出会って、それを相互のものとして自覚したことにすぎない。ほんとの影響は（このばあい影響という言葉が適当でないのかもしれないが）毎日の食事のように無意識のうちに消化されているものである。忘れてしまっているもののうちにこそ大事なことがあるらしい。

旧友が集まってみると、ひとりひとり考えがちがって、てんでんばらばらであるが、社会的には同じ学校の出身という何か共通したものがあるようだ。新聞社や出版社の人たちと接する機会が多いが、この人は早稲田出身だなと感じることがあり、ほとんど、それがあたっている。学閥とか学歴社会とかいわれていることがらは、排除すべきことにちがいないが、働くときの協力者としては、同じ大学の出身者がぐあいがいいのは、いつのまにかたがいに気心がわかりあえるものができているからである。それはいつどうしてできたかと、たがいに顔を見あってもわからない。スクール・カラーといったようなものが、そこに学んだものを似た色に染めあげているのだろう。

内側から自分を見られぬように、学校も内側からだけ見ていたら、そのスクール・カラーはわからない。おそらく日本国といったようなまとまりで考えても、それはいえるにちがいない。無意識のうちに消化されているもののなかに大事なものがあり、だから忘れているものが同類を呼ぶということもありうる。歴史の研究も無意識なもの、忘れられているものへと目をむけねばならぬであろう。

思い出は身に残り

父の兄妹が多く、その子供がまた多かったので、私のイトコはかなり多い。そのイトコの中で私は年少の方であった。ところが、今は年長のイトコが亡くなって、中くらいになってしまった。

年長のイトコの葬式のとき、葬式にばかり顔をあわせないで、一年に一回くらい会合しようじゃないか、と誰かが発言して、数年前から七夕会と称して一年一度会合している。

幹事はまわりもちで、一泊旅行をこころみるのである。

今年は埼玉県の大宮に住む従弟が当番であった。彼は私より三歳若く、中学初年生のころ私の家から通学をしていたことがあった。私は小学一、二年のときこの従弟の家にやっかいになって伯父に育てられたことがある。

そのように昔は親戚のつきあいが濃かったので、イトコといっても年齢の順で兄弟のようなしたしさがあった。

　彼は大学は史学科を出たのだが、小学校の教師になり、ろうあ学校の校長を最後に停年退職し、今は悠々自適の生活を送っているらしい。いつか何かの用で一度たずねていったことがあった。大宮公園の近くの閑静なところに住んで、私の問いに、この公園の楠は明治何年に植えたものだなどと語ってくれた。そのころ私は楠の北限はどこらへんかなどということを気にしていたのだった。それで記憶に残っているのだが、静かな環境で歴史の研究をする生活は結構だとひとごとでなく満足した。

　彼の企画で、今年の七夕会は秩父へ集合、みの山の憩いの家に一泊、翌日は秩父札所二十三番四番と田代栄助の墓など秩父事件関係址を見、定峰峠をこえて小川に出、和紙の紙漉きを見学してから、さきたま風土記の丘へまわって稲荷山古墳出土の辛亥銘鉄剣を見るという予定であった。勉強好きの企画で老いてますます教育熱心な気持ちがありありとみえた。去年は私はからだの具合がわるくて参加できなかったが、今年は彼の企画が気にいって参加した。参加者は二十一名だった。

　私には興味があるけれど、鉄剣の金象嵌をどう読むかとか、自由民権と困民党の思想史的意味如何といったような学問的好奇心を参会者のすべてに期待するのはむりである。父の兄弟に医師が多かったのでイトコも医師が多い。彼らイトコの中にはガンなどですでに死んでしまったものもいるが、その子供がまた医師になっていたり、医師に嫁したりして、七夕会に参加している。鉄剣や自由民権運動とは「縁なき衆生」が多いのである。夜の宴会でお酒をのんで流行歌謡のひとくさりもうたえば、もうあとはいうことなしといったあんばいなのだ。

もと校長の彼が困民党の説明をし、鉄剣の銘文の読みを紹介すると「くわしいね」と感心するものの馬耳東風なのも、またやむをえない。私はいいかげんに早く切りあげればいいのに、と同情しているのだが、当人は気がつかない。説明するだけはしておかねばという気があるらしく、どうしても話がくどくなる。

宴会のあと、わりあてられた部屋をわたりあるいて近況をきいたり昔の思い出を語りあう。やはり、おたがいに子供のころ喧嘩した話などがいちばんなつかしいようだ。「道ちゃんに英語や数学でいじめられた」とひとりがいいだすと、「おれもそうだ」などと今ごろになってカタキ討ちのつもりになる。みんな無邪気になって、憂き世のわずらわしさを瞬時忘れる。それがよくて来年は誰の番だと、もう来年の話も出る。しかし、来年はもう出られないかもしれぬとからだに自信のない私は心の底で、ひとりしらじらしい気持ちになったりする。

イトコだけでは万事がうまくいかないのでイトコの子供たちを出席させて会合を円滑にし、かつ何かを伝えているのだが、私は思い出ばなしより、この若い人たちとの交友の方がおもしろい。私と同年配のいわば老人たちの考えていることは、いちいち聞かなくてもわかる。若い人たちの考えや感じかたの方が私を刺戟し、私の視野をひろげてくれる。そして、私が死んでしまったあと今の若い人たちが老人になり、この種の会合で、あのじいさん、こんなことを言っていたっけと思い出すことがあるかも知れない。そう思うことは楽しみでないはずがない。

けれど、人ひとりひとりは記憶していることがちがうらしい。もと校長の彼は、私に英語や数学を教えられたとき、いじめられたというが、私は全然おぼえていない。そのかわり中学の入学試験についていって、ほかの受験生にくらべてあまりにも小さいので、ひどくあぶなっかしい感じがしたことなどをおぼえている。もちろん、そんなことを彼はおぼえていない。

こういう記憶の有無があるから、年をとって会合することに興味があるのかもしれないが、それを相互につきあわせてみても、どれだけ互いにプラスになるのであろうか。

歴史的人物や作家などを文書記録や作品からイメージして人物像をえがいたりする。

が、同時代に生き、交友関係にあってさえ相互におぼえていることがちがうのだ。残された文書記録でわかるはずはない。所詮、それは人物像をえがいた人の創作であって「実像と虚像」などということ自体がすでにおかしいのである。にもかかわらず人間は相互に人間を生きる個として考えないわけにいかない。このばあい記憶していることのくいちがいがあったとしても、その背後に忘却の堆積があって関係をささえていることを確認しなければならない。

何を記憶に残し、何を忘却のかなたへおいやるかは、それぞれの人間が生きてゆくときに彼をとりかこむ事態に対してもつ遠近法による。測定法もちがえば価値感覚もちがう。イトコの一人は私の下の妹が十年まえに死んでいるのを忘れて健在かと訊いた。だが私もまた彼の息子の嫁さんが自殺したのをおぼえていなかった。彼も私もひとなみはずれた薄情者というわけではない。たんに遠近法のちがいが、ひとりでにそういう記憶と忘却との選別をするのだろう。その遠近を測る基点は自分の身である。

七夕会の解散のまえ、色紙によせ書きすることになった。私は謡曲の「砧」にある

思ひ出は身に残り、昔は消えて跡も無し

を書くことにした。

ところが「身に残り」まで書いたところでつぎの言葉をハタとド忘れしてしまった。

口の中でいくらくりかえしても出て来ない。「この文は湯川秀樹博士も好きなんだよ」などといいながら一所懸命思い出そうとしていた。

実はテレビの座談会『春夏秋冬』に湯川さんが出られたとき、「世阿弥の言葉にこういうのがあります」と「思ひ出は身に残り」までいわれて、やはりあとがすらすらと出ず、二十秒か三十秒のあいだ考えておられたことがあった。そのことが頭の中にちらちらするのでよけい思い出せなくなってしまった。

やむをえず

　歴史は消えて跡も無し

と書いてお茶をにごしたが、忘れるということも伝染するものであろうか。

「身に残り」の身は記憶と忘却との基点としてどういう構造をもつものなのか知りたいと切に思った。今年の七夕会は私の知的興味をそそったということでたぶん忘れないであろう。

終章　あるかなきかの煙

いつぞや若い友人にひっぱり出されて水俣へ行ったことがある。胎内にいてすでに有機水銀に犯されて生まれた子供たちを明水園に見舞った。何ともいいようのない憤怒と痛苦とを味わった。

その夜、天草へ渡って牛深の港に泊った。

旅館のベランダで、暗い海を見ながら、若い彼と死について語りあった。彼の話は変にしんみりしていて、夜の海とともに私の印象に深く残った。

彼のいうことに、学生時代アルバイトに通った弱電関係のある工場の窓から桐ヶ谷の火葬場の煙突が見えたという。

雪の降る日だった。なにげなく窓のそとに目をやったら、めずらしく火葬場の煙突から煙が出ていなかった。トモビキの日をいやがるというから今日はトモビキなのかなど、考えるともなくぼんやり見ていた。雪は音もなく高いそらから灰色に降ってきて、煙突を横切ってななめに過ぎるときだけ急に白くあざやかだった。その雪の変幻を見ていると、煙突のさきから淡い煙が出ているのに気がついた。目をこらすと、その煙がぽッぽッと輪を吹いたようなかすかな濃淡をえがいている。

うしろで、おなじ雪ぞらを眺めていた工場の年寄りが「あれは年寄りの煙だよ」と何の感情もまじえずにいった。長年その煙突を見ていると、老人か若者か、脂肪ぶとりかやせたのか、おおよその見当はつく、と彼はいって「今日のホトケさんは、大往生をとげた相当の老人だな」と断定したという。

話はそれだけだった。が、それで充分だった。小津安二郎の映画でラストに火葬場の煙突の出てきたのがあったな、とふと思ったが、題名はとうに忘れている自分に気づいていた。

私を焼く煙もあるか無いかのかすかなものになるにちがいない。そして誰の記憶にも残らなくなる。

あとがき

本文は毎日新聞社発行の月刊誌『毎日ライフ』に「健忘漫話」の題名で連載したものである。期間は一九七五年八月から一九八二年二月に及ぶ。その間、編集長は野村勝美氏、宮沢康朗氏、高山美治氏の三代にわたった。途中で病気のため、しばしば休載した。本にできる回数を書くよう鞭撻してくれた三氏に厚く感謝している。実は書くのが楽しくないこともなかった。

本にするにあたって筑摩書房の中川美智子氏が、編集し書名もつけてくれた。1は言葉以前、2はからだにゆだねての忘れ、3は社会的身体と忘れ、というふうに大体のめやすを立てている。思いつくまま、行きあたりばったりに書いた素朴な省察が、どうやら本のかたちに整えられたのは、中川氏のおかげである。感謝している。

一九八四年八月末日

戸井田道三

解説　忘却の波をくぐり抜けてよみがえる言葉

若松英輔

作者がどんな人物だったのかを紹介したほうがよいのだろうと思いつつ、評論家などという言葉はけっして用いまいと感じている自分がいる。作者はさまざまな問いを探究してやまなかったが、何かの優劣を評価したり、論《あげつら》うことに終始することはなかったからである。

能の研究や風土に記憶された語り得ない記憶をめぐって、独創的な仕事を遺している。哲学者の池田晶子は、自称するときに「文筆家」と書くのを常としていたが、作者もまた、よき文筆家だった。そして、本書こそ文筆家と呼ばれ得る者だったからこそ、生まれた佳作なのである。

本書に収録された「忘れる」ことをめぐる四十余篇の文章は、関心のあるところから読み始め、その言葉の世界を自由に旅してかまわないように編まれているのだが、「序章」だけは最初に読むのがよいかもしれない。修学旅行での自由時間の前にも短い連絡事項があるように、作者がいう「忘れる」とはどのようなことなのかの基軸をうかがうことができる。

「若いとき私は記憶がいい方だった」と作者はいう。しかし年齢を重ねるごとに忘れることが多くなっていく。「忘れるのは忘れてもさしつかえないことだから忘れるのだ。そう思って今は自分の忘れっぽさに対処している」とも書いている。だが、それだけのことなら一書をなすような問題は生まれない。この本が刊行から四十年を経てよみがえることもなかっただろう。

「忘れる」という言葉を頻出させながら作者は、それが単に情報が消えることではないことを認識している。「忘れて」いるときの状態を「ヒキダシがきしんでいて、把手をひっぱってもだめだと感じ」ている。

こう述べられると記憶の引き出しはもう使えなくなってしまったと感じる人もいるかもしれないが、視座を変えてみると違った光景が見えてくる。たしかに「ヒキダシ」は使えない。しかし、そのなかに蔵されているものが消えたわけではないのである。「忘れ」を問うとは「忘れ」からの新生を問うことでもある。

この本に収められた文章は一九七五年から一九八二年まで、ある月刊誌に連載された。一冊の本になるようにという編集者の配慮もあったと作者は書いているが、ここで考えてみたいのはそうしたことではない。作者と心理学、それもフロイト、ユングに淵源をもつ深層心理学との関係である。この時期はちょうど、この国で深層心理学が専門家の枠組みを超えて、一つの思想的問題をして受容された時期にあたる。深層心理学をめぐる作者の認識は精確である。たとえば、次の一節は、ユング心理学を日本に紹介した河合隼雄の言葉とも共振する。

われわれは忘れることをマイナスとして考えがちだが、貯金が減って心細いといったようなかたちで知識の蓄積が減少してゆくのをなげいてもしかたがない。忘れることは生のオートマチックな自己防衛であると評価すべきものだろう。夢はその忘れたことの代償であることもあろう。（「夢も歴史のうち」）

作者が「代償」と述べていることを河合隼雄は、最初の著作である『ユング心理学入門』で、夢における「補償作用」と「逆補償」という問題として論じている。夢は現実を直接的に補うこともあるが、逆説的にそれを下支えすることもある、というのである。作者はそのことを実感していた。

「夢も歴史のうち」という題名も味わい深い。私たちは何かの歴史を考えるとき——

もちろん自らの歴史、つまり生涯も――夢もまた「歴史」の重要な要素として認識しなくてはならないのかもしれないのである。ここでいう「夢」は、睡眠中に見るものだが、それが理想を意味する場合でも、同様の態度が求められるのかもしれない。

先の一節にあった「オートマチックな」は自動的よりも「自律的」と訳す方がよいのだろう。自動だとどこか機械めいた語感があるが、自律となると意識・無意識の作用が存在することを含意できるように感じる。

今日の問題にひきつけて考えるなら、AI（人工知能）の世界で「自動化」ではなく「自律化」が提唱されるのも、自律的であることが人間の心のありようであることを研究者たちが感じ取っているからだろう。

だが、真の意味で自律を実現するのは、心ではなく、その奥にあるもので、それを人は作り出すことはできない。できるのは、それらしいものを制作することである。作者の時代にAIは存在しない。しかしコンピューターによる機械化は進んでいた。そうした傾向に過大な信頼を置く危険を作者は、夢にふれながらこう語っている。

夢はみる必要があって人間におこる現象だとすれば、眠りからさめた瞬間に忘れてしまうのもまた忘れる必要があるからにちがいない。コンピューターの記憶装置は忘れない。もちろん夢をみることはできない。だからコンピューターで未来を計測するのはあぶなっかしいことにちがいない。そう思うのである。

（「空間感覚の成り立ちかた」）

夢を見ることはもちろん、忘れるという営みは、機械によっては行い得ず、いのちある存在に特有の事象である。作者は、この明白な事実が、人造的な現象の波に飲み込まれていくのを危惧している。

本書を繙《ひもと》きながら、一度ならず驚かされるのは、その言葉の今日性であり普遍性である。次の一節を私は、この国の新しいリーダーが誕生する過程で読み、その慧眼にある種の畏怖さえ感じた。

敗戦のにがい思い出から立ち直るために、一億総懺悔的なアイマイさで戦争責任を忘却のかなたに流してしまうと、A級戦犯を靖国神社に合祀し、総理大臣がその資格で参拝してテンとして恥じないという惨害がわれわれの心の上に加えられる。意識と無意識のつかいわけはむずかしい両面をもつのである。

（「無意識へ押込む」）

この一文を政治思想的に解釈するのは止めよう。作者がおそらくここで問いかけているのは、生者と死者との関係の本質である。生者は「総懺悔」することで自分の居場所を作り出したのかもしれない。しかし、そこではもう真摯な死者たちとの対話は行い得ない。生者はもう過去を真摯に省みることなく、未来に向かって邁進しようとしているからである。

歴史とは死者たちの軌跡にほかならないが、終わりなき問いを媒介にしない歴史との安易な関係は人間から「恥じ」をすら奪い去る、と作者はいうのである。「意識と無意識のつかいわけ」を探究すれば、心だけでなく魂の問題に逢着する。作者は、明らかに心の領域を超えた問題に踏み込みながらも簡単に魂という表現を用いない。「魂」という言葉が安易に用いられたとき、簡単に人を飲み込む現実を深く経験してきたからなのかもしれない。

このことは本書の魅力を減じることにはならない。むしろ、いっそう確かなものにし、その態度が読者とのあいだに信頼を生むことに寄与している。

だが、作者は魂という言葉をまったく用いないのではない。魂という言葉を用いなくてはならないと真に感じられたとき、じつに率直に用いている。たとえば、作者がゴッホの絵をどのように見ているかにふれたとき、魂が問題になる。

私は展覧会でゴッホの絵を見る。それはゴッホの個性と魂とをあらわして、存在している。それをわかると自分で感じる。

（「郵便配達夫ルーラン」）

ここには素朴だが、力強い一つの理が働いているように感じる。魂を感じるのはもう一つの魂にほかならないからである。こういってもよい。真に魂を淵源とした営みは、真にそれを受容し得る魂との邂逅を待ち続けている。

ゴッホの絵を前にしたとき作者は単に感動しただけではない。彼は時空を超えたゴッホとのつながりを感じている。このときゴッホは歴史的な人物ではなく、常識的な時空の制約を超えた場所で出会った稀有なる盟友になる。

同じ文章では、肉体と魂に言及された個所もある。

私の肉体が私の魂をもつように、時代が精神をもっている以上は、時代は身体的な何かなのだ。それはひとりひとりの肉体を越えるものであり、同時に肉体を離れては存在しえないものだ。

（同前）

ここには作者の世界認識の秘密が凝縮されている。魂という文字が直接的に用いられていない場面でも、作者は魂を働かせてきたというのである。そうでなければ「肉体を越えるものであり、同時に肉体を離れては存在しえないもの」という表現も生まれない。

ただ作者は「肉体を越えるもの」を語るときであっても、「肉体を離れ」て語ろうとしてはならない。それは妄想に遊ぶことになる。そう感じているように思われてならない。

本書が刊行されたとき、画家の安野光雅が書評を書き、それが文庫になるとき「解説」として再録されていた。安野はそこで、自分が一番感動したのは「終章」だが、そこに何が記されているのかに関しては沈黙を守り、あとは読者の手にゆだねたい、と書いていた。

終章は「若い友人」と水俣に赴き、胎児性水俣病という試練を生きる人を訪れ、語る言葉を失ったまま、天草へ旅したときのことが描かれている。

話は進んで、この若い友人が見た火葬場の煙突から出る煙の話になるのだが、作者は次のように書いて、この本を終えている。

小津安二郎の映画でラストに火葬場の煙突の出てきたのがあったな、とふと思ったが、題名はとうに忘れている自分に気づいていた。

私を焼く煙もあるか無いかのかすかなものになるにちがいない。そして誰の記憶にも残らなくなる。

慧眼の人も自分の死後のことは見通せなかったのかもしれない。作者の言葉は、没後三十年を経て、いっそう確かなものになり、世代を超え、新しい読者の手にさえ届いている。そして、やはり作者の「若い友人」だった文化人類学者で批評家の今福龍太によって、作者の思想と生涯をめぐる単著（『言葉以前の哲学　戸井田道三論』）も刊行されているのである。

言葉は不思議な存在である。あるときは無防備に忘却の波に飲み込まれるようにも感じられるのだが、そのいっぽうで、言葉が人間を用い、自ら新生を実現することもある。言葉は生きている。よみがえろうとする本書を手にしながらも、生ける言葉の自律性をめぐって思いを深めている。

（わかまつ・えいすけ　批評家／随筆家）

この作品は一九八四年一〇月三〇日、筑摩書房より刊行された。

ちくま文庫

忘《わす》れの構造《こうぞう》 新版《しんぱん》

二〇二四年十一月十日 第一刷発行

著者 戸井田道三（といだ・みちぞう）
発行者 増田健史
発行所 株式会社 筑摩書房
東京都台東区蔵前二―五―三 〒一一一―八七五五
電話番号 〇三―五六八七―二六〇一（代表）
装幀者 安野光雅
印刷所 株式会社精興社
製本所 株式会社積信堂

ISBN978-4-480-43990-1 C0195